AF185874

Tucholsky Wagner Zola Scott Sydow Freud Schlegel
Turgenev Wallace Fonatne

Twain Walther von der Vogelweide Fouqué Friedrich II. von Preußen
Weber Freiligrath Frey

Fechner Fichte Weiße Rose von Fallersleben Kant Ernst Frommel
Richthofen

Fehrs Engels Fielding Hölderlin Eichendorff Tacitus Dumas
Faber Flaubert

Feuerbach Maximilian I. von Habsburg Fock Eliasberg Zweig Ebner Eschenbach
Ewald Eliot Vergil

Goethe Elisabeth von Österreich London

Mendelssohn Balzac Shakespeare Dostojewski Ganghofer
Trackl Lichtenberg Rathenau Doyle Gjellerup
Stevenson Hambruch
Mommsen Tolstoi Lenz Droste-Hülshoff
Thoma Hanrieder

Dach Verne von Arnim Hägele Hauff Humboldt
Reuter Rousseau Hagen Hauptmann Gautier
Karrillon Garschin
Damaschke Defoe Hebbel Baudelaire
Descartes Hegel Kussmaul Herder

Wolfram von Eschenbach Dickens Schopenhauer Rilke George
Bronner Darwin Melville Grimm Jerome Bebel Proust
Campe Horváth Aristoteles

Bismarck Vigny Barlach Voltaire Federer Herodot
Gengenbach Heine

Storm Casanova Tersteegen Gilm Grillparzer Georgy
Chamberlain Lessing Langbein Gryphius
Brentano Lafontaine
Strachwitz Claudius Schiller
Katharina II. von Rußland Bellamy Schilling Kralik Iffland Sokrates
Gerstäcker Raabe Gibbon Tschechow

Löns Hesse Hoffmann Gogol Wilde Vulpius
Luther Heym Hofmannsthal Klee Hölty Morgenstern Gleim
Roth Heyse Klopstock Goedicke
Luxemburg Puschkin Homer Kleist
La Roche Horaz Mörike Musil
Machiavelli Kierkegaard Kraft Kraus
Navarra Aurel Musset
Nestroy Marie de France Lamprecht Kind Kirchhoff Hugo Moltke

Nietzsche Nansen Laotse Ipsen Liebknecht
Marx Lassalle Gorki Ringelnatz
von Ossietzky Klett Leibniz
May vom Stein Lawrence Irving
Petalozzi Knigge
Platon Pückler Michelangelo Kafka
Sachs Poe Liebermann Kock Korolenko
de Sade Praetorius Mistral Zetkin

Der Verlag tredition aus Hamburg veröffentlicht in der Reihe **TREDITION CLASSICS** Werke aus mehr als zwei Jahrtausenden. Diese waren zu einem Großteil vergriffen oder nur noch antiquarisch erhältlich.

Symbolfigur für **TREDITION CLASSICS** ist Johannes Gutenberg (1400 — 1468), der Erfinder des Buchdrucks mit Metalllettern und der Druckerpresse.

Mit der Buchreihe **TREDITION CLASSICS** verfolgt tredition das Ziel, tausende Klassiker der Weltliteratur verschiedener Sprachen wieder als gedruckte Bücher aufzulegen – und das weltweit!

Die Buchreihe dient zur Bewahrung der Literatur und Förderung der Kultur. Sie trägt so dazu bei, dass viele tausend Werke nicht in Vergessenheit geraten.

Geschichte eines Deutschen der neuesten Zeit

Friedrich Maximilian Klinger

Impressum

Autor: Friedrich Maximilian Klinger
Umschlagkonzept: toepferschumann, Berlin

Verlag: tredition GmbH, Hamburg
ISBN: 978-3-8424-0837-1
Printed in Germany

Erstes Buch.

1.

Der deutsche Mann, dessen Geschichte ich, aus mir selbst aufgelegter Pflicht, zu schreiben unternommen habe, ist durch seine ihm eigne Denkungsart und besondere Stimmung des Herzens eben so merkwürdig als durch sein Schicksal. Für mich war er eine Erscheinung in der moralischen Welt, einem Luftzeichen ähnlich, das durch seinen strahlenden Ausfluß die Augen so lange ergötzt, als es sich noch am fernen Horizont bildet; zieht es aber im düstern Dunstkreise den Bogen des Himmels herauf, so fliehet der Haufen vor der ihm zweideutigen Erscheinung, und nur der Kundige freut sich, wenn auch unter kleinem Schauder, eine nicht alltägliche Wirkung der Natur gesehen zu haben. Unter diesem Bilde stelle ich euch Ernst von Falkenburg, als Jüngling und Mann, dar. Als er in blühender Jugend die Bahn des thätigen Lebens betrat, zog er die Blicke der Menschen auf sich; als er aber die Mitte derselben kaum erreicht hatte und Bosheit und Wahnsinn seinen Glanz verdunkelten, ward er eben diesen Menschen ein Gegenstand des Schreckens, des Abscheus. Was er dem Kundigen werden wird, hängt von dieser Geschichte ab. Hier, wo nur Wahrheit spricht, wo nur sie Zweck ist, zieht sich der Schriftsteller zurück.

Von ihr allein geleitet, soll und muß ich darthun, warum, wie und wodurch Ernst von Falkenburg aus dem mildesten, freundlichsten und edelsten Jüngling ein Mann geworden ist, den man in den Gegenden seines Aufenthalts nur zu nennen braucht, um die Herzen erkalten oder ergrimmen zu sehen; den man nie nennt, ohne daß eben die Lippen, welche einst nie ermüdeten, ihn lobzupreisen, den Spruch des Hasses und der Verwerfung über ihn aussprechen.

Ich muß der Welt zeigen, warum ihn seine Lästerer verkennen, und es soll aus seiner Geschichte hervorgehen, daß keiner der ihn so schnöde und schonungslos Richtenden je nur das erhabene Gefühl geahnet hat, das sein Führer im Leben war, welches ihn nun auf einen Punkt des moralischen Daseins geführt hat, worauf ich ihn zwar mit ängstlichem Schauder, aber mit dem Schauder, den Bewunderung erzeugt, stehen sehe. Seine Lästrer sollen einsehen, daß er sich selbst nie untreu ward, daß er sich noch jetzt treu ist und daß sie, in dem Verdammungsspruch über ihn, nur sich, ihrem Wahne und ihrem gesammten Wesen, Denken und Thun das Urtheil sprechen. Doch Diejenigen, mit welchen er nie etwas gemein hatte, als die Erde, die sein Fuß nur betrat, sie, deren Weg von dem seinen so weit entfernt liegt, als die Heerstraße, die der Karrenführer im nassen Herbste durchackert, von der Sonnenbahn, auf welcher der Gott des Lichts seinen fliegenden, feurigen Wagen lenkt, werde ich ihm schwerlich zuführen. Auch kümmert mich ihr Urtheil eben so wenig, als den Mann, von dem ich zu euch rede, und ich halte mich für belohnt genug, wenn ich für ihn die Theilnahme, das Mitleiden, die richtige Erkenntniß seines Zustands, einiger Edlen unseres Volks gewinne. Mit ihnen war er immer verwandt und ist es jetzt noch, da er, getragen von dem Gefühl, wodurch er ihnen gleicht, über der Brandstätte seines herrlichen jugendlichen Gebäudes emporgehalten schwebt und sein düstrer männlicher Geist über die Leiche des Jünglings stille klagt, der unter dem dampfenden Moder in Asche zerfiel. Nie konnte er ganz fallen, weil er fühlte, was er als Jüngling war, was ihn als Jüngling beglückte; weil er über den Schauplatz von seinem einsamen Schlosse hinsieht, auf welchem seine schönen blühenden Jugendträume, seine edlen Entwürfe und die versprechenden Keime uneigennütziger Tugenden entstanden, sich bildeten und entwickelten.

In diesen muß ich euch führen; denn der Schauplatz der Jugend hat auf Menschen der Art, wie der Mann ist, dessen Seele ich euch nun zu enthüllen beginne, nicht mindern Einfluß, als die Felsenklippen in der Einöde, zwischen welchen der Adler nistet, und der Myrtenbusch im geselligen Rosengarten, auf welchem die Nachtigall den jungen Sänger der Liebe erzieht, auf die Brut des Königs der Luft und die Brut des Sängers der zärtlichen Gefühle.

2.

Nicht weit von den Ufern des *** Flusses, lag auf einer Anhöhe das Schloß der Herren von Falkenburg, seit Jahrhunderten im Besitze dieses edlen Geschlechts. Ein biedrer, treuer, deutscher Sinn hatte mit dem alten, festen Felsenschlosse in diesem Geschlechte fortgeerbt und wurde vermuthlich dadurch so unverfälscht erhalten, daß sie den größten Theil ihres Lebens hier zubrachten. Ein dichter Eichenwald, der unsern Urvätern, den alten Germaniern, Schatten verliehen zu haben schien, empfing den Knaben in seinem kühlen feierlichen Dunkel. Felsen, mit der Erde geboren, lockten ihn auf ihre Höhe, daß er von ihren Spitzen die Anmuth, den Reichthum, die Herrlichkeit und Macht, womit die Natur die Gegend so schön und erhaben geschmückt hatte, in einem Ueberblicke genösse. Eine Höhle in dem nahen Gebirge, zu deren düsterem, weitklaffendem Schlunde man durch Felsenkrümmungen mühsam gelangte; in deren Mitte die Natur ein kühnes wunderbares Werk gebildet hatte, indem sie einen großen Raum zu einem Riesensale wölbte und die ganze Masse des Gebirgs auf ungeheure wild und regellos geformte und geordnete Säulen stellte, die verschlungen in labyrinthischen Gängen endlich zu einem Abgrunde führten, welcher sich, der Sage nach, weit unter dem Flusse weg verlor, lud die Seele des Jünglings zum Nachsinnen über die dunkeln Geheimnisse der Ober- und Unterwelt und ihre mächtigen unfaßlichen Kräfte ein. Fleiß und Kunst hatten die wilden Striche der Gegend mit Wiesen, Feldern und anmuthigen Gärten durchschnitten. Betriebsame, gesunde und ruhige Bewohner belebten diesen großen und lieblichen Schauplatz und prägten dem heranwachsenden Jünglinge früh ein reines, sanftes, durch die glückliche Beschränktheit einfaches und leicht zu fassendes Bild des menschlichen Lebens in das zarte Herz.

Glückliche Bewohner dieses Bezirks! Ihr kanntet keine Klagen über die Menschheit und ihr Elend, da ihr ihre Thorheiten, ihre Laster, ihren Wahn, die Quellen dieses Elends, nicht ahnetet! Euer froher Sinn, eure Genügsamkeit, eure Geduld und eure Hoffnungen, bei dem unabänderlichen Leiden, das uns die *Nothwendigkeit* aufgebürdet hat, um ihre geheimen Zwecke zu befördern, bewahrten selbst die Bewohner des Schlosses vor dem Mißbehagen, dem Mißmuth, dem grämlichen Nachsinnen, nicht selten dem einzigen

Gewinn des verfeinerten Theils der Bewohner der Erde. Ja selbst der Städter, der Welt- und der Hofmann vergaßen, wenn eure reine Luft sie anwehte, der große Schauplatz eures Wirkens sie in Erstaunen setzte und eure gesunden Kinder sie anlächelten, was sie Bittres in der Welt erfahren, was sie sich durch Wahn und rastloses Jagen nach Glück zugezogen, und was sie der leicht- und tiefsinnige Philosoph über das Menschengeschlecht und seine Bestimmung gelehrt hatte. So ist das Leben auf dieser unsrer Mutter der Erde nur Denen kein Räthsel, die sie im Schweiße ihres Angesichts bebauen.

Hier nun erblickte Ernst von Falkenburg das Licht der Welt, hier empfing seine Seele die ersten lebendigen und kräftigen Eindrücke der Natur und nahm für immer die Farbe der Gegenstände an, die ihn umgaben. Unter solchen Menschen keimten die eisten, einfachen, reinen, moralischen Gefühle und Gesinnungen in seinem Herzen auf. Sein Vater, der im *** Dienste, beim Anfange des siebenjährigen Kriegs, so schwer verwundet ward, daß er Jahre lang darnieder lag, erwählte nach seiner Wiedergenesung den ruhigern Reichsdienst, um wenigstens etwas für eine Verfassung zu thun, die er aus Vaterlandsliebe schätzte und, als unmittelbarer Reichsritter, als Herr solcher Unterthanen, zu schützen alle Ursache hatte. Seinem Ernst gesellte er einen Jüngling zu, den ihm sein Jugendfreund und Dienstgefährte, nach der blutigen Schlacht bei Zorndorf, als Erbschaft hinterlassen hatte; und er erfüllte dessen Pflicht mit so vieler Treue und Zärtlichkeit, daß er das Glück genoß, Vater zweier hoffnungsvoller Söhne zu sein.

Diesen beiden Jünglingen gab er Hadem, den Feldprediger seines ehemaligen Regiments, zum Führer, den er wegen einiger nicht gewöhnlicher Thaten nie vergessen konnte und den er für eben so bescheiden, klug und rechtschaffen, als unterrichtet hielt. Er machte ihm Bedingungen, wie sie der deutsche Adel selten macht, und nahm ihn auf, wie der deutsche Adel selten Männer aufnimmt, denen sie so viel anvertrauen.

Hadem trat zu seinen Zöglingen mit Offenheit und Vertrauen und ward von ihnen in eben dem Geiste aufgenommen, mit welchem er sich ihnen nahte. Er faßte dadurch ein gutes Vorurtheil für seinen Beruf und entdeckte bald mehr, als er erwartete.

3.

Hadem ward früh gewahr, daß Ernstens Dasein und Wirken mehr in seinem Innern ruhte, sich mehr gegen dieses richtete, als nach außen und um sich her. Er bemerkte schon in den ersten Tagen, daß er ohne Aufwand und Geräusche höher und tiefer empfand und dachte, als Ferdinand von ***, mit dem lebendigsten Ausguß und Gebrause einer feurigen Einbildungskraft; mit Einem Worte, er sah, daß sich die Welt in der Seele Ernstens abspiegelte, und Ferdinands Seele in der Welt. Er hielt diese Entdeckung für so wichtig, daß er seine Erziehung darauf bauen zu müssen glaubte. Fragen und Proben überzeugten ihn in kurzer Zeit, daß in Ernsten, vermöge seiner moralischen Kraft, der Stoff zu einem Manne verborgen läge, der einstens wohl das Wagestück mit seinen Sinnen, der Welt und dem Schicksale bestehen könnte; daß Ferdinand, mehr auf den Flügeln einer warmen Phantasie getragen, zwar kühnere Dinge unternehmen möchte, das Maß seiner moralischen Kraft aber sehr schwer mit der Leichtigkeit und Kühnheit seines Wollens und Begehrens in ein richtiges Verhältniß treten würde. Nach diesen Beobachtungen fürchtete er nur für den Letztern. Er strebte nun, die moralische Kraft in Ernsten zu entwickeln, ihn durch dieselbe über alle Ereignisse des Schicksals zu erheben und in Ferdinand die Einbildungskraft mehr in Einverständnis mit der seinigen zu bringen, ihn so fest daran zu knüpfen, daß er bei den feurigen Aufwallungen der Begierde und den ersten Schlägen des Schicksals nicht erläge; jenen nicht auf Kosten seines bessern Werths nachgäbe; oder vor diesen, um denselben hohen Preis, sich zu bergen suchte.

In diesem Sinne unternahm Hadem die Bildung der Jünglinge; und da er mehr entwickelte, als lehrte, und nichts lehrte, was nicht mit seinem Hauptzwecke in Verbindung stand, so bildete sich der Geist aus der moralischen Kraft des Herzens, und jede neue Kenntniß und Anschauung dienten nur dazu, diese zu verstärken, zu erheben und zu veredeln. Durch den milden und schimmernden Glanz guter und großer Thaten des Alterthums und der neuem Zeit, führte er sie, mit der Erlernung der Sprachen, zur Kenntniß der Welt und der Geschichte. Ferdinands lebhafte Einbildungskraft folgte der Bahn der Helden. Er erkämpfte ihre Siege mit ihnen, zog mit ihnen die Augen der Menschen auf sich, genoß ihres Ruhms, sprang an das Ziel, pflückte mit ihnen den Lorbeer; und, trunken von dem Siegesgeschrei, verblendet von dem Glanze der Thaten, übersprang sein feuriger Geist die Mühe und Aufopferungen, die sie erforderten, übersah er die Mittel und die Folgen dieser täuschenden Thaten für ihre Urheber, ihr Glück und das Glück ihrer Zeitgenossen. Nur auf dem Siegeswagen erblickte er die Helden der Vorwelt, und ihr schimmernder Glanz verbarg ihm sowohl ihr wahres Bild, als das Bild der echten Menschengröße.

In tiefer Stille aber betrat Ernstens Geist jenes Land der reinen, erhabenen Tugend, das die Menschen idealisch nennen, weil sie, versunken im Schlamme des Eigennutzes und der niedrigen Begierden, das Gefühl bis zur Ahnung verloren haben: daß der Mensch sich nur als Bewohner dieses Landes von den Thieren unterscheidet, daß wir dieses unsichtbare Land nicht nur ahnen, daß wir uns bis in sein innerstes Heiligthum schwingen können. Wer es erreicht hat, ist über das Schicksal erhaben; ihn tragen für immer die Fittige der hohen und echten Begeisterung, der Dichtkunst, die nur aus jenem Lande die Farben und die Kraft zu ihren Darstellungen erhält. Es eröffnet sich den Geistern der Geweihten in dem Augenblicke, da die moralische Kraft ihres Herzens die Wolken durchdringt und dort ihr Dasein mit höhern Zwecken verknüpft. Die dieses Land betreten, werden von der Beherrscherin desselben mit hohen Gesinnungen, mit unüberwindlichen Waffen zum Kampfe ausgerüstet, und ihre Thaten, ihre Gedanken und ihre Empfindungen tragen das unnachahmliche Merkzeichen ihres wieder errungenen Vaterlands an sich. So sind alle großen und edlen Menschen, die von dem Wege des Haufens abtraten und Gutes, Wahres, Edles denken, thun und laut sagen, die Bewohner jenes unsichtbaren Landes, das die Menge nicht ahnet und durch dessen Einfluß gleichwohl auch sie von diesen unter sich verwandten Geistern zu den Zwecken geführt werden, welche der erhabenste Geist dem Menschengeschlecht dort aufgestellt hat. Daher entspringt das Eigenthümliche, Kräftige, Feste und Sichere jener Dichter, thätiger Menschen und Helden; und umsonst bemühen sich alle Andern, die sich über die Erde, ihre Verhältnisse und die Vortheile, die sie gewahrt, nicht erheben, den sichern Schwung, die feste Haltung, in Wort und Thal nachzuschweben oder nachzuahmen; ihre Handlungen, wie ihre Darstellung, sind nur Abdrücke ihres eignen, um sich besorgten Selbsts. Ihre kalte, berechnende Vernunft, die über That und Darstellung wuchernd und künstelnd dasitzt, entfernt den Geist jener Geweihten. Ernst drang in die Mitte dieses Heiligthums und ward da zum Dichter für dieses Leben eingeweiht. Ungern setze ich zur Erläuterung dieses Worts hinzu, daß er seine Gefühle weder in Versen noch in Prosa der Welt mitgetheilt hat; daß er Dichter in einem Sinne war, den ich nicht nöthig hätte, anzudeuten, wenn Dichter dieser Art so gemein wären, als es diejenigen sind, die sich darum Dichter nennen, weil sie die Spiele ihres Witzes und ihrer Phantasie in wohlklingenden Versen zur Schau ausstellen. Die Spuren der Theorie der Dichtkunst, von welcher ich rede, findet man eben so selten in geistigen Darstellungen, als in Thaten und Handlungen; denn ich rede von der hohen moralischen Kraft, die allein den Helden und den Dichter macht und ohne welche es zwar Mancher durch Talente und glückliche Umstände scheinen, aber nie es wirklich in seinem Innern sein kann.

Gleich der Tochter Jupiters, mit Schild und Speer bewaffnet, sprang die Göttin, welcher sich Ernst im Stillen weihte, plötzlich aus seinem Herzen; mit dem Speer, um die niedrigen Ungeheuer, die Feinde des Lichts und der Wahrheit zu bekriegen; mit dem Schild, um den Liebling gegen die Pfeile des Schicksals, gegen die Angriffe des Neides und der Bosheit zu decken. So schwebte sie vor ihm, so wandelte er, ein anderer Telemach, an der Seite der unsichtbaren, erhabenen Führerin; von ihr war Hadem ihm zugesellt. Selbst in reifern Jahren verließ ihn dieses, über ihm schwebende jugendliche Bild nicht; und oft, wenn ihn Alles verließ, wenn er in Gefahr war sich selbst zu verlassen, trat es in seiner ganzen Klarheit aus den verdunkelten Wolken hervor.

Schon lange war Ernst in dieses idealische Land gedrungen, schon hatte er sich dort angepflanzt, es gleich den Gärten der Hesperiden ausgeschmückt und mit den Geistern bevölkert, deren Asche um ihn her zu lebendigen Wesen wurden, ehe Hadem bemerkte, daß der Jüngling das Irdische übersprungen, das Land seines Ursprungs erobert hätte und sich dort an der Tafel der Unsterblichen labte.

Ein besonderer Vorfall mußte ihm dieses entdecken. Oft gingen die Jünglinge durch den Eichenwald, in welchem ihre Phantasie die vergangenen Zeiten träumte, sie mit den jetzigen verband, wieder trennte und alle thätig im Geiste durchlebte, nach der Höhle im nahen Gebirge. In dem Riesensaale der Höhle überfiel sie das erhabene Erstaunen, der gedankenvolle geheime Schauder, der uns bei den mächtigen Gegenständen der Natur ergreift; und aus diesen Gefühlen erwachten in der Seele der Jünglinge das Nachsinnen und Ahnen über die Höhe, Tiefe, den Zweck, die Mittel alles Geschaffenen, der denkenden, der fühllos scheinenden Wesen, die diese Schöpfung beleben und darstellen. Ferdinand nannte den Riesensaal den Tempel des Ruhms, weil ihn keine menschliche Kraft zerstören könnte, weil er so alt wäre, als die Welt, und so lange als sie dauern müßte. Ernst nannte ihn den stillen Tempel der Tugend, weil ihn Menschenhände nicht gebaut hätten. Ferdinand schuf die Säulen um sich her zu Denkmälern der von ihm bewunderten Helden und nannte sie nach ihnen. Ernst behielt sich, fern von den Denkmälern seines Gespielen, nur eine Blende in der Felsenwand des Bergs nahe bei dem Abgrund vor, deren Mitte zu einer Stunde des Tags ein Lichtstrahl traf und erleuchtete.

Eines Tages drangen die Jünglinge weiter in dieses unterirdische Labyrinth, als sie bisher noch gekommen waren. Ihre Schritte und abgebrochenen Worte hallten dumpf an den Felsen. Ohne Verabredung schien Jeder von ihnen das schwere Räthsel der Natur in ihrem düstern, geheimnißvollen Schooße auflösen zu wollen. Hand in Hand wandten sie sich forschend aus einem Gang in den andern. Auf einmal standen sie Beide vor dem ihnen bekannten Abgrund, der sich der Sage nach in einem Gange unter dem Fluß weg endet und nach einem Gebäude führt, von dem die Bewohner der Gegend viele wunderbare Geschichten zu erzählen wußten. Und eben dieses Wunderbare entflammte Ferdinands Phantasie; seine aufkeimende Ehrbegierde sah in diesem Dunkel seine erste Heldenthat vergraben. Zuckend drückte er Ernstens Hand, und sein kühner Vorsatz sprang durch die Adern in Ernstens Herz über. Er erwiederte den Druck und zog ihn sanft zurück. Nun erst erglühte Ferdinands Einbildungskraft, und er rief in einem starken Tone:

»Ernst, ich will hinunter, das Geheimniß enthüllen und aus dieser Finsterniß an das Licht bringen. Herkules stieg in den Schlund des Orkus, um den Höllenhund herauszuziehen; – ich muß der Erste sein, über dessen Haupte der Strom hinrollt!«

Ernst bewies ihm das Verwegene und Unsinnige des Unternehmens, die Unmöglichkeit der That und der Rückkehr, die unvermeidliche Gefahr des Todes, und reizte durch den Widerspruch Ferdinands stolze Kühnheit nur um so mehr. Schon machte er Anstalten, den Abgrund hinab zu gleiten, als Ernst vor ihn trat und entschlossen zu ihm sagte:

»Du willst? Wohlan! so warte nur eine Sekunde. Den Weg der Gefahr muß man nicht so langsam kriechen, wie du thun willst; man muß ihn überspringen. Dieses will ich nun thun. Tritt zurück.«

Ernst war im Begriff den Sprung zu wagen, als ihn Ferdinand umfaßte, an sein Herz drückte, seine Wangen und Lippen küßte und, vor Freude bebend, rief:

»Ernst! ich weiß, warum du es thun wolltest! Mich, der eine Tollheit begehen wollte, durch eine wahre Heldenthat zu retten!«

Eine Heldenthat? erwiederte Ernst ruhig.

Ferdinand. Wäre sie es nicht, da der Tod, wie du selbst sagtest, bei der That unvermeidlich ist?

Ernst. Könnte sie es sonst sein? Aber daran dachte ich gar nicht. Würde ich dir nicht ohnedies gefolgt sein, wenn du die Tollheit, wie du es nun selbst nennst, begangen hättest? Sollte ich ohne dich zurückkehren? Freilich hatten vielleicht mein guter Vater und der gute Hadem nie erfahren, was aus uns geworden wäre. – Und, Ferdinand, sprang ich allein hinein, so hatte ich auch mehr Hoffnung, als du, an das Licht zurückzukehren. – Dein Führer war nur die Ruhmbegierde; aber ich – ich trat unter den Schild einer Göttin, die mich nicht verlassen, die mich in diesen Schlund begleitet hätte.

Ferdinand. Und wer ist diese Göttin?

Ernst. Die Tugend, die, wie Hadem sagt, ruhig und prunklos einhergeht, die Denen immer zur Seite steht, welche den Pfad nach ihrem erhabenen Tempel wandeln. Erinnerst du dich, wie uns Hadem vor einiger Zeit die Fabel von Minerva erklärte? Freilich nannte er es eine Fabel; aber er erklärte sie sehr schön. Auch ich deutete sie, und zwar nach meinem Sinne; und seit dieser Zeit schwebt diese Tochter Jupiters immer vor mir – und ich sah sie in dem tiefen Abgrund, wie ich sie in der lichten Höhe sehe.

Ferdinand. Was du sagst, begreife ich nicht ganz; aber ich bewundere dich jetzt mehr als Alexandern, der allein über die Mauern der feindlichen Stadt sprang. Du wolltest für mich Thoren aus Liebe thun, was er um seines Ruhmes willen that; und darum nenne ich die ihm geweihte Säule meines Tempels nach deinem Namen. Er sprang in die Stadt, wie ich in den Abgrund; aber du! Du!

Ferdinands ganzes Herz war in seinen Umarmungen; zum ersten Mal nannten sich die Jünglinge Freunde und schworen an dem gefährlichen, dunkeln Abgrund, der ihnen wie ein Bild des Lebens vorschwebte, den Bund der Liebe, und Jeder von ihnen verpfändete der Seele des Andern sein Leben und Dasein.

Hadem, der die Jünglinge nie aus den Augen verlor und ihnen oft, unbemerkt von ihnen, folgte, um die Früchte seines Unterrichts in ihren Reden, ihrem Thun und den freien Ergießungen ihres Herzens zu beobachten, hatte hinter einem Felsen die ganze Scene angehört. Als Ernst den gefährlichen Sprung zu wagen unternahm, wollte er schon hinzuspringen; als er aber gewahr wurde, daß Ferdinand ihm zuvorgekommen war, zog er sich leise zurück. Auf den Schrecken und den Schauder, die ihn bei dem Wagestück der Jünglinge überfiel, erfolgte Staunen und Bewunderung; und bei den letzten Worten Ernstens, die den Grund seines Entschlusses so klar enthüllten, erglühte sein Herz in sanfter Wonne. Er blickte gegen das Gewölbe der Höhle und lispelte leise:

»Braucht Dieser mich noch, da du ihm zur Seite stehest?«

Die Jünglinge eilten aus der Höhle. Als Ferdinand an Alexanders Denkmal vorüberging, rief er:»Du heißest Ernst!«

Hadem folgte ihnen und erreichte sie in dem Eichenwald. Sie hatten sich unter dem größten Baum gelagert; noch glühten ihre Wangen sanft von der vergangenen Scene, und der Abendwind spielte in ihren Locken.

Hadem setzte sich nicht weit von ihnen auf eine Anhöhe, noch tief über Das bewegt, was er vernommen hatte. Er sah die Jünglinge nah bei dem Abgrunde stehen. Plötzlich stellte sich ihm das menschliche Leben, in Rücksicht ihrer, unter diesem düstern Bilde vor; und unter diesem Gesichtspunkt fühlte er nun den ganzen Vorgang. Ferdinands Kühnheit, die ihn um des Wahns willen zu der Erforschung des Abgrunds trieb, erregte Sorge und Angst in seinem Busen. Selbst Ernstens Entschluß, der ihn in dem ersten Augenblick des Vorgangs dahinriß, erschien ihm nun unter düstrer erhabener Gestalt, und er konnte seine Gedanken lange von der Zukunft nickt ablenken, die sich ihm hier in weissagendem Gesichte enthüllt zu haben schien. Die Geschichte und seine Erfahrung hatten ihn gelehrt, was den Mann in der Welt erwartet, was das Schicksal von Dem fordert, der sich der Göttin weiht, unter deren Schutze sich sein Zögling für so sicher hielt. Er kannte die Gefahr der Proben, die ihre Verehrer zu bestehen haben; er wußte, daß man selten mit dem Geist und Herzen aus ihnen hervortritt, mit denen man sie beginnt. Der rastlose Kampf mit den Menschen, ihren Verfassungen, ihren wirbelnden Leidenschaften, ihrem Wahne und Eigennutze, malte sich in wilder Gährung vor seinen Augen. Auf dem Schlachtfelde stand endlich der ermüdete Kämpfer, zwischen nagenden Zweifeln, grämlichem Mißmuth, der kalten Selbstigkeit, dem bittern Menschenhaß; und statt des Triumphgesangs hört er zischendes Hohngelächter und die frostigen, erstarrenden, giftigen Sarkasmen der Vernünftler. Sein Herz rief ihm zu:»so könne sein Ernst nicht enden;« aber ob er ihn gleich am Ziele der Laufbahn in sich selbst unbesiegt sah, so faßte er doch den festen Entschluß, seines Zöglings Begriffe über die Tugend, in Rücksicht auf die Menschen und ihre Verhältnisse, so zu berichtigen, daß sie nicht in schimärische Ueberspannung ausarteten: eine Stimmung der Seele, in welcher sich nur die Edelsten der Erde befinden können, und die gewiß die glücklichste, beneidungswürdigste wäre und bliebe, wenn nur Diejenigen, zu deren Bestem diese Stimmung immer wirkt, sie nicht auf Tod und Leben davon zu heilen suchten. Ernsten dachte er nun dahin zu leiten, daß ihm zwar die Höhe und Reinheit seines Geistes und Herzens verblieben, seine Begriffe aber sich so berichtigten, daß ihn die Widersprüche und Mißverhältnisse von außen mit seinem Gefühl weder irre machen, noch zerrütten möchten. Vorzüglich sollte er Das, was ihn belebte, in den Menschen nicht mit der Kraft suchen, noch von ihnen erwarten, wie er es zu empfinden schien; und zu dieser gefährlichen Erkenntniß wollte er ihn durch Nachsicht und schonende milde Menschlichkeit führen. Ferdinands eitle Ruhmsucht hoffte er durch Ernstens milden Geist und seine eignen, absichtslos scheinenden Lehren zu läutern.

Nach diesen Betrachtungen nahte er sich den Jünglingen.

Das Abendroth glühte an dem Horizont, und der Eichenwald glänzte in seinem goldnen Feuer. Ferdinand stand heftig redend vor Ernsten; und dieser blickte ihn so eben mit sanfter Begeisterung an, und sagte:

»Ferdinand, ich habe es gefunden.«

Hadem trat hinzu:»Was hat Ernst gefunden?«

Ferdinand. Den Stoff zu einem Heldengedicht über unsere Altväter, die Cherusker, Katten und Sueven.

Hadem. Und wie kommt ihr darauf?

Ernst. Der Strom, die Abendröthe, die Vergangenheit, Homer, der Eichenwald – die Schatten unserer Vorfahren traten herein, wir träumten sie lebend, mit den Römern im Kampfe um ihre Tugenden.

Hadem. Wie das? Ernst, wie das?

Ernst. Dies ist eben der Sinn des Heldengedichts, das wir dachten oder träumten, als Sie kamen. Der Deutsche kriegt mit den ihn angreifenden Römern um seine Tugenden, seine Sitten, seine Freiheit. Hermann ist der Held. Der Kampf wird nun geführt zwischen den unverdorbenen Söhnen der Natur und den durch Glück, Kunst und Ueppigkeit ausgearteten Römern. Spott, List, Betrug, Biederkeit, Aufrichtigkeit und Treue stehen gegen einander auf. Es ist der Krieg der edlen, einfachen Natur mit der Ausartung der Kultur. Die römisch-griechischen Götter schweben über dem Schauplatz im Kampfe für ihr Volk, mit den Göttern unserer Väter, die Sie uns bekannt gemacht haben. –

Hadem. Gut, recht gut; aber ich fürchte für die Götter des Nordens.

Ernst. Fürchten Sie nichts, Hadem; jedem der griechisch-römischen Götter haben wir einen kühnern und mächtigern entgegen zu stellen.

Hadem. Und doch fehlt eine Göttin, die leicht den Ausschlag, zum Vortheil der Götter des griechisch-römischen Himmels, geben könnte.

Ernst. Und diese?

Hadem. Wer anders als Minerva, die erhabene Tochter Jupiters, die Göttin der Weisheit und Klugheit.

Ernst. O, auch sie war unter den Göttern des Nordens; unsre Väter kannten sie recht gut, und unter einem viel reinern und kräftigern Bilde.

Hadem. Sagen Sie doch! Unter welchem?

Ernst. Unter dem Bilde der männlichen Tugend, um deren Besitz sie eben mit den Römern stritten, von denen sie sich die griechischrömische Göttin nicht aufdringen lassen wollten, weil die Klugheit derselben ihrem geraden, aufrichtigen Sinne zuwider war, weil Klugheit so gern in List ausartet, sich so leicht in List gefällt. Unsere Väter dachten sich ihre Götter, wie sie selbst waren: ohne alle List, Betrug und Feinheit. Und siegten sie nicht, unter dem Schilde ihrer Göttin, über die Zöglinge der Kunst? Ja, eben diese Göttin müßte die Muse des Heldengedichts sein, den Dichter begeistern und die Helden so beleben, daß sie sich selbst in ihnen kräftig darstellte.

Hadem sagte lächelnd:»Ernst, Sie sprechen ja selbst wie ein Dichter.«

Ernst erwiederte:»Macht Dieses, was ich empfinde, den Menschen zum Dichter, Hadem, so soll mein ganzes Leben unter ihrer Leitung ein Heldengedicht werden; denn auch ich will unter dem Schilde dieser erhabenen Göttin stehen. Die Tugend der Helden blüht nicht allein auf dem Schlachtfelde; dieses haben unsre Vorfahren gezeigt.«

Hadem. Wozu auch immer Heldentugend? Warum ein so großes, ein so schallendes Wort?

Ernst. Nicht wahr? Denn ist nicht Ausübung der Pflicht, wenn ein Sieg über uns, unsere Leidenschaften, unsern Eigennutz vorausgeht, eine Heldenthat? Lehrten Sie uns dieses nicht?

Hadem. Freilich, wenn wir sie ohne Rücksicht auf uns selbst, mit Gefahr für uns, zum Besten Anderer ausüben. Ich wünschte nur dem schönen, guten Gefühl ein bescheidneres Beiwort. Ich kenne zum Beispiel einen Mann, der sich keiner Heldentugend und Heldenthat bewußt ist, sich wenigstens keinen Helden nennt und gleichwohl, nach meiner Meinung, ein reinerer Held ist, als euer Macedonier.

Ferdinand. Als Alexander? O, lassen Sie uns geschwind seine Thaten hören!

Hadem. Thaten? Ich sagte ja, er weiß nichts von Thaten. – Ich rede nur von dem Kammerrath Kalkheim. Lachen Sie immer, Ferdinand; Sie werden dessen ungeachtet sehen, daß dieses Mannes Geschichte, in dem Herzen einer großen Anzahl von Menschen im Stillen gefühlt, einen Werth hat, um den ihn wohl mancher große Held beim letzten Ueberblick seiner Thaten beneiden möchte.

Dieser Kalkheim hatte früh einen großen Theil seines Vermögens zu einer Reise angewendet, um die Entdeckungen zur Verbesserung der Landwirthschaft praktisch ausüben zu sehen. Mit diesem Zwecke, den er sich zur künftigen Bestimmung machte, allein beschäftigt, versagte er sich allen andern Genuß, den sonst junge Leute auf Reisen suchen. Als ihm bei seiner Rückkehr ins Vaterland der Fürst diese Stelle anvertraute, machte er viele Versuche der gesehenen Neuerungen auf seinem eignen Lande nach; er hoffte, die Aufmerksamkeit Anderer dadurch zu reizen. Aber die Vorliebe oder das Vorurtheil für das Alte schien unüberwindlich, und ob er es gleich über sich nahm, den aus seinen Versuchen entstehenden Schaden zu ersetzen, so konnte er doch nur mit großer Mühe einige Landleute dahin bringen, sie nachzuahmen. So erreichte er seinen Zweck nur nach und nach, nur unter Streit, Kampf und Mühe. Durch den nähern Umgang mit den Landleuten lernte er so viel Elend und Armuth kennen und sah die Quellen davon so genau ein, daß er sich bald mit der fürstlichen Kammer in eine Fehde einließ; aber da er hier nichts ausrichten konnte und doch helfen wollte, so war er in Kurzem dahin gebracht, von seinem beträchtlichen Vermögen nichts mehr übrig zu behalten als ein kleines Haus und ein kleines Gärtchen, in welchem er Gesäme zieht. Seinen Sold theilt er mit den Dürftigen. Der Verlust seines Vermögens zog den Verlust der Freundschaft eines Mannes nach sich, der ihm ohne alle Schonung seine versprochene Tochter, in welcher der Kammerrath den Lohn für Alles hoffte, versagte. Dieses verwundete sein Herz; und doch ist er glücklich: denn er sieht seine Thaten auf den Feldern der einst Armen blühen, und die ganze Gegend unter seiner Aufsicht gleicht einem von ihm gebauten Paradiese, in welchem ihn der reinste Segen und Dank von den Lippen und Augen der Bewohner empfängt, wenn er es betritt.

Ernst. Hadem, lassen Sie uns diesen Mann, diesen Glücklichen in seinem Paradiese, besuchen.

Ferdinand. Wäre der Macedonier ein Kammerrath gewesen, er hätte dies auch gethan; denn Gold achtete er nicht.

Ernst. Ich fürchte, Ferdinand, um die Herrschaft über dieses Paradies hätte er es im Kampfe zerstört.

Ferdinand. Um es schöner wieder aufzubauen.

Ernst. Führen Sie uns zu ihm, Hadem!

Hadem. Gern und bald. Ihr Herr Vater will ohnedies, daß wir uns in der Residenz bei Ihrem Oheim aufhalten sollen, während er nach den Bädern reist.

4.

In der Residenz *** wohnte nun Hadem mit seinen Zöglingen in dem Hause des Präsidenten von ***, Ernstens mütterlichem Oheim.

Hier fanden sie alle die feine Höflichkeit und allen den kalten Anstand, wodurch sich die Vornehmen von dem Volke unterscheiden und womit sie ihre Genüsse zu veredeln glauben. Hadem hatte die Jünglinge hierzu weder vorbereitet, noch ihnen Regeln des Betragens vorgeschrieben; er wollte auch hier ruhiger Beobachter sein und bleiben. Ernst schien ihm, in den ersten Tagen, einer Pflanze zu gleichen, die, durch Versetzung, in dem einheimischen Boden ihre Lebenskraft gelassen hat; aber Hadems Gegenwart wurde auch ihm bald, was dieser der erste Morgenthau und die wiederkehrende Sonne sind. Er drang sich hier noch fester, noch inniger an ihn, und in ihren Blicken drückte sich, ohne weitere Erklärung, ein Verständniß über alles Neue und Besondere aus. Bald ging auch Ernst so sicher und fest einher, wie in seinem Eichenwalde. Ferdinand ward in Kurzem der Liebling des ganzen Hauses. Die neuen Gegenstände belebten seine Einbildungskraft, reizten seine Ehrbegierde, seinen Stolz, seine Eitelkeit; und durch die Aufregung dieser Empfindungen wurden ihm die Verhältnisse der Menschen unter einander so deutlich, daß er, gleichsam aus natürlichem Triebe, ohne weiteres Nachsinnen und weiteren Vorsatz Jedem gab, was er zu wünschen schien; denn es war Das, was er selbst von ihm erwartete. Dem Oheim, der die Jünglinge von seinem Schwager auf einige Zeit gefordert hatte, um zu sehen, was sie versprächen, gefiel zwar Ernstens festes Betragen, weil er es dem Bewußtsein zuschrieb, das der junge Mensch von seinem Range und seiner künftigen Rolle in der Welt empfände; aber ihm gefiel auch das Lob, das Jeder dem muntern, artigen und gewandten Ferdinand ertheilte.

Er sprach hierüber mit Hadem; doch bevor ihm dieser seine Gedanken sagen konnte, fiel er ihm ins Wort:

»Verstehen Sie nur! Ich will darum gar nicht, daß Ernst eigentlich so, wie dieser arme Ferdinand, werden soll. Ernst soll fühlen, was er ist, was aus ihm wird, was ihn erwartet. Ferdinand ist ein armer Waise, der sein Glück machen muß; und ein solcher Mensch kann nie artig genug sein. Was ich eigentlich wollte, wäre, daß Ernst zu Zeiten zeigte: auch er könnte es sein, wenn es ihm so gefiele.

Dadurch, lieber Herr Hadem, unterscheidet sich der Mann von Stande, dessen Glück und Ansehen gewiß ist, von dem, der Beides noch suchen muß: der Eine thut Alles, weil es ihm so gefällt; und der Andere, weil er muß. Hätte Ferdinand zu hoffen, was mein Neffe zu hoffen hat, so sagte ich, er thut zu viel; und nun sage ich, er kann nicht genug thun.

»Und sehen Sie doch nur! Die Natur hat Das, was ich sage, selbst in den beiden jungen Leuten angedeutet. Bemerken Sie nur den schönen, schlanken, kühnen Wuchs Ferdinands! Seine feurigen, schwarzen Augen! Seine anlockende Gesichtsfarbe! Sein Feuer, seine Lebhaftigkeit; sein einschmeichelndes, immer zuvorkommendes, lächelndes Wesen! Da steht der Abenteurer, der Wagehals, ganz ausgerüstet zum Kampfe mit der Glücksgöttin. Es wird ihm nicht fehlen, glauben Sie mir. Und nun mein Neffe – man kann eigentlich nicht sagen, daß er schön sei; aber er ist mehr als schön – er hat etwas Feierliches, etwas Eignes, ihn von allen Unterscheidendes an sich – etwas, das mehr auf die Seele, als auf die Augen wirkt – und da liegt ja der Unterschied, den ich bemerkte. Ferdinand wird den Weibern gefallen, und Das kann ihm nützlich sein; Ernst verständigen Männern und den Weibern, wenn er will!«

Hadem schwieg nach diesen ihm unerwarteten Aeußerungen, und der Präsident legte ihm sein Schweigen als Bescheidenheit aus: in seinen Augen das Hauptverdienst an Leuten ohne Stand.

Hadem ließ Ernsten gehen und nutzte jede sich darbietende Gelegenheit, Ferdinands gereizte Eitelkeit zu mäßigen.

In dem Hause des Präsidenten versammelten sich der Hof und die Angesehensten der Stadt. Seine zwei Töchter und sein Sohn empfingen von ihrer Seite die Fräulein und jungen Herren, mit ihren Gouvernanten und Gouverneuren, und übten sich in ihren Zimmern in den Rollen, die in dem großen Gesellschaftssaale gespielt wurden. Natürlich mußte Hadem mit seinen Zöglingen dieser Versammlung beiwohnen. Ernst hörte und sah zwar; aber er schien nur zu träumen bei Dem, was er hörte und sah; Ferdinand hingegen war hier ganz in seinem Elemente.

Zum ersten Mal hörten sie jetzt von Romanen und wunderbaren Begebenheiten reden; und als die junge Gesellschaft ihre Unwissenheit in einer so wichtigen Sache entdeckte, erstaunte man, bedauerte und ließ es sich sehr angelegen sein, sie mit dieser nöthigen Kenntniß zu bereichern. Hadem sah die Unmöglichkeit ein, seine Zöglinge vor einem Uebel zu bewahren, das alle Stände unsers Zeitalters ergriffen hat. Man gab den Jünglingen die Romane des Tages. Ferdinand verschlang sie; Ernst, dem ein Wunderbares andrer und höherer Art vorschwebte, konnte das Wesen, Leben, Handeln und Denken der Menschen in denselben gar nicht begreifen und würde von aller weiteren Neugierde auf immer geheilt worden sein, wenn ihm die Tochter des Präsidenten nicht einen gegeben hätte, der sein Herz zerriß, ausdehnte und seine Seele folterte, spannte, erhob, niederdrückte und zermalmte. Wer kennt nicht die feurigste, vollendetste Darstellung des heutigen Genius?

Auch Ferdinand las diesen Roman, und seine Einbildungskraft entbrannte so gewaltig, daß er von diesem Augenblick nichts Größeres, Erhabneres und Nachahmungswürdigeres kannte, als die Lage dieses jungen Helden, sein pathetisches Ende, das er als ein Opfer hoher Tugend für ein Geschlecht ansah, für welches man nach seiner jetzigen Stimmung nichts weniger thun könnte. Alles, was sonst so tief, stark und schön Gedachtes und Gefühltes über Menschen, Schicksal und Natur darin lag und was einen so mächtigen Eindruck auf Ernsten machte, entwischte ihm.

Natürlich ward nun dieses der Hauptgegenstand der ersten Unterhaltung in dem jugendlichen Kreise. Ferdinand malte seine Gefühle mit den stärksten und lebhaftesten Farben und fand in den jungen Fräulein um sich her, die sich als den Gegenstand seiner Begeisterung und seines Heldenmuths ansahen, sehr aufmerksame und gespannte Zuhörerinnen. Begeistert rief er, indem er seine feurigen, schwarzen Augen gegen Amalien, die dreizehnjährige Tochter des Ministers ***, eins der reizendsten Geschöpfe, wendete:»O, es muß ein süßer, erhabener Tod sein, für seine Geliebte zu sterben! Ich wünsche mir ihn!«

Keine der Zuhörerinnen widersprach, und nur einige Junker, die schon weiter in der Erfahrung gekommen waren, lächelten. Amalie erröthete sanft, und die Tochter des Präsidenten fragte Ernsten, in dessen Augen sie ein ihr fremdes Gefühl zu bemerken glaubte, was er davon dächte. Er antwortete gelassen, indem sein Blick auf eben diese reizende Amalie fiel: »Ich schlage des Mannes Bestimmung höher an.«

Alles schwieg, und Amaliens Wangen färbten sich höher. Ein Blick schoß unter ihren langen Augenwimpern auf Ernsten hervor; dann sah sie gegen den Boden.

Hadem trat nun näher und sprach:

»Ich höre Ihnen wirklich mit Verwunderung zu und kann gar nicht begreifen, wie junge Leute, die weder den Werth des Lebens, noch die Bestimmung des Menschen kennen, sich anmaßen, über Dinge zu reden, die ihnen eben so fremd als dunkel sein sollten. Da es aber nun einmal so ist, so will ich Ihnen doch sagen, was mein Zögling unter den Worten gedacht hat, die Ihnen so sonderbar vorzukommen scheinen. Er meint, der Mann habe höhere und bedeutendere Pflichten, als für ein Mädchen zu seufzen oder zu sterben; und ich hoffe, er soll auch dann noch so denken, wenn er erfährt, was Dies ist, von dem Sie so früh vor der Zeit reden. Jetzt weiß er es gewiß nicht; aber sollte er es einmal empfinden, so bin ich gewiß, er würde für die Person, für die er es empfände, noch weit größere Uebel ertragen, als das ist, welches man sich unter dem Tode denkt; und doch würde er leben und eben durch sein Leben beweisen, wie würdig er ihrer sei. Die Liebe, um das Wort nur zu nennen, das Sie so leicht aussprechen, soll den Mann erhöhen, nicht niederwerfen; und derjenige, welcher darum stirbt, weil ihm das Schicksal den Gegenstand seiner Leidenschaft vorenthält, ist ein Kranker, der vermuthlich an der Versagung jedes andern heißen Wunsches gestorben wäre: denn er wollte über seine Kräfte. Des jungen Menschen Schicksal, das dieses Buch so meisterhaft darstellt, lag eben so sehr in seiner ihm eignen Denkungsart, der düstern, forschenden Stimmung seiner Seele, seinen Begriffen über die Natur und die Verhältnisse der Menschen gegen einander, als in seiner leidenschaftlichen Lage; ja, sie gaben eigentlich seiner leidenschaftlichen Lage die auszeichnende Farbe und mußten endlich die Katastrophe hervorbringen, die schon so früh in ihm vorbereitet war, gegen die er auch so wenig kämpfte, daß er ihr vielmehr langsamen Schritts und mit einer Art innern Genusses entgegen geht. Er gleicht einem seltenen, lieblichen, interessanten Kinde, das einen düster erhabenen, dichterischen Traum schwärmt, bevor seine Vernunft ganz erwacht ist. Ich bewundere das Buch, als dichterische Darstellung der Wirkung dieser gefährlichen Leidenschaft, gewiß mehr als Sie, aber ich bewundere nicht den Helden, den es uns darstellt. Ich könnte ihn zu Zeiten sogar hassen, weil er den Muth unserer Jünglinge erschlafft und die Köpfe unserer Mädchen so verwirrt, daß sie beide Das zu einem übertriebenen, romantischen Spiele machen, was doch die Natur und die Gesellschaft zum wichtigsten und ernsthaftesten Geschäfte des Lebens gemacht haben. Die Männer sind in der Welt, um Beweise ihres Verstandes und Muthes zu geben; und die Weiber, wenn ihr Verstand und ihr Herz nicht durch Romane verdorben sind, achten nur die Männer, welche dieses thun. So war es bei den Völkern, die wir noch jetzt bewundern, die wir nur so lange zu bewundern Ursache finden, als dieses dauerte. Welche seelenkranke, erbärmliche und niedergedrückte Männer müssen *die* nicht sein, die in solchen Spielen der Phantasie Ersatz für Thätigkeit und Muth finden können; die ihre Weiber und Töchter schon bis dahin gebracht zu haben scheinen, daß sie ihnen solche Erschlaffung, Weichlichkeit und Feigheit für die einzigen Heldentugenden anrechnen, deren sie noch fähig sind! Glauben Sie darum ja nicht, daß ich Dieses dem Dichter zuschreibe. Er denkt weder der Thoren noch der Schwachen; noch weniger will er ihnen Bilder zur Nachahmung in seinem Helden aufstellen. Ihn ergreift die Liebe zu einem Gegenstand; die Begeisterung übt ihre Gewalt an ihm aus. Sein entflammter Genius thut Dasselbe an euch, indem er euch durch Angst, Staunen, Furcht, Grausen und alle menschliche Gefühle in seinen magischen Kreis bannet, in welchem eine Gottheit ihn gefesselt hält und aus dem er selbst nicht eher treten kann, als bis ihn seine mächtige Beherrscherin entläßt.

»Ich sehe wohl, daß ich Ihnen lästig falle; mein Rock mag es entschuldigen. Eigentlich spreche ich es nur um eines Einzigen willen; und dieser versteht mich. Um Ihnen übrigens den Unterschied zwischen meinen beiden Zöglingen zu zeigen, will ich Ihnen eine kleine Geschichte erzählen; dann mögen Sie selbst urtheilen, wer von ihnen, im Fall der Noth, für Freundin und Freund mehr zu thun fähig wäre.«

Er erzählte hierauf den Vorfall in der Höhle, beschrieb den furchtbaren Abgrund, seine Angst, den Ausgang des Vorfalls und endigte mit den Worten:

»Wer war nun hier der Muthigste? Er, der in die Höhle gleiten wollte, um der Erste zu sein, der uns sagen könnte, ob die einfältigen Märchen des Volkes gegründet wären; oder Der, welcher um den thörichten Freund zu retten, hinein zu springen drohte, hineingesprungen wäre?«

Keiner der Gesellschaft schien das Edle des Zuges zu fühlen, den ihnen Hadem von Ernsten mittheilte, und Aller Augen, außer Amaliens Augen, wendeten sich jetzt nach Ferdinand. Sein Vorsatz schien ihnen größer, kühner, obgleich seine eigene jetzige Beschämung so laut gegen ihn sprach. Hadem bemerkte hier die gewöhnliche Wirkung des Romanen-Lesens auf die alltäglichen Menschen, das alle einfache, natürliche Gefühle in ihnen verzerrt und verdunkelt und an deren Stelle einen erkünstelten Kitzel der Phantasie und der Eitelkeit setzt.

Ernst schien in diesem Augenblick ein Verbrechen begangen zu haben. Er athmete kaum, und nur die sichtbare Verwirrung seines Freundes erweckte ihn aus seiner Betäubung. Er eilte auf ihn zu; die glühenden Wangen der Jünglinge berührten sich, und einige Thränen, von verschiednem Gefühl erzeugt, drängten sich zwischen ihre Küsse.

Amalie allein sah gerührt dieser Umarmung zu. Sie sah immer auf Ernsten: aber nun verweilte ihr begeisterter Blick länger auf Ferdinand. Dieser bemerkte es und drängte sich zu ihr, von ihrem Blicke angezogen. Noch ganz von dem vorigen Gefühle belebt, das jetzt unter dem Rosenschimmer der Scham, von Beleidigung der jugendlichen Eitelkeit hervorgebracht, sanfter auf seinen Wangen und in seinen Augen glühte, stand er schweigend vor ihr. Sie sah ihn lächelnd an und sagte:

»Sein Sie froh, daß die Fräulein in der Residenz zu mitleidig oder zu klug sind, Sie bei dem Worte zu nehmen, das Sie so rasch ausgesprochen haben. Wir würden sonst bald über Ihre Leiche weinen müssen; und Das wäre doch zu früh.«

Ferdinand erwiederte, und ein Flammenblick begleitete seine Worte:

»Für eine einzige Thräne aus solchen Augen wollte ich es schon wagen.«

Und noch kühner setzte er hinzu:

»Spotten Sie nur; aber hüten Sie sich, zu diesem Fenster hinauszuwinken: denn ginge auch der Sprung durch die Erde, ich folgte dem Winke doch.«

Nun zog sich Amalie sanft von ihm weg, faßte eine Gespielin unter dem Arme und ging an das Klavier im Nebenzimmer.

5.

Beim Niederlegen sagte Hadem zu seinen Zöglingen:

»Morgen besuchen wir den Kammerrath Kalkheim; aber ihr müßt früh aufstehen, damit wir durch seine blühenden Felder wandeln, bevor die Sonne den Morgenthau ganz aufgetrocknet hat. Die Lerche erhebt sich dann mit schmetterndem Gesange.«

Sie brachen früh auf, und nach einigen Stunden sagte Hadem zu den Jünglingen:

»Hier fangen die Felder an, die unter des Kammerraths Aufsicht und Leitung bebauet werden. Vergleicht sie mit denen, an welchen wir vorüber gegangen sind. Bemerkt doch, wie viel höher und voller die Aehren stehen, wie auf diesem überall blühenden und grünenden Schauplatze kein Fleckchen unbenutzt geblieben ist. Das ganze Land gleicht einem einzigen großen Garten: so unschädlich und geschickt, für Aecker und Wiesen, sind die Fruchtbäume angelegt. Ehemals entbehrten die Einwohner der Gegend diesen frischen und erquickenden Genuß, und nun danken alle diese Bäume dem Kammerrath ihr Dasein und füllen reichlich die Behälter der Hausmütter. Die Kinder empfangen die süßen, gesunden Früchte aus den Händen der Mutter und genießen sie unter dem Andenken ihres Wohlthäters. Von jenem Hügel werden wir das Dorf schon sehen, in welchem der Glückliche wohnt, dessen wohlthätiger Geist diesen einst rauhen und unfruchtbaren Strich Erde so schön und blühend geschmückt hat. Es soll heute das Ziel unsrer Wanderung sein; den Rückweg nehmen wir durch eine andere Gegend: denn seine Verwaltung erstreckt sich über mehrere Dörfer und Felder.«

Ferdinand hatte viel zu fragen. Hadem mischte in seine Antworten seine Gesinnungen über das Glück der Beschränktheit und Einfalt, um dem Geiste des reizbaren Jünglings die Richtung zu geben, die er ihm wünschte.

Als sie an das reine, wohlgebaute Dorf kamen, führte Hadem sie gerade nach dem Hause des Kammerraths. Sie traten hinein, und Hadem bemerkte schon in dem Vorhause eine ihn befremdende Veränderung. Er öffnete die Thür des Zimmers, worin sonst Kalkheim wohnte, und fand hier Alles verändert. Die Wände, die er bei seinen ehemaligen Besuchen mit den verschiedenen Werkzeugen des Ackerbaues bemalt sah, waren blendend weiß übertüncht. Die Schränkchen an diesen Wänden, in welchen der Kammerrath, in Flaschen oder unter Glase, alle nöthigen Gesäme in systematischer Ordnung aufbehielt, waren abgebrochen; das Bücherbrett im Winkel, alle Geräthschaften waren verschwunden, und das ganze Zimmer strotzte von langen Tischen und leeren Bänken. Hadem glaubte sich in dem Hause geirrt zu haben und wollte schon umkehren, als ihm aus dem Winkel eine traurige Stimme zurief:

»Nur immer zu, meine Herren!«

Hadem fragte nun nach dem Kammerrath, und der Mann sagte noch klagender:

»Ach, daß Gott erbarme! Er wohnt schon lange nicht mehr hier; aber ich armer, zu Grunde gerichteter Mann – ein Gastwirth ohne Gäste – wohne hier in einem Wirthshause, das ihr zum ersten Mal als Gast betretet!«

Hadem. Ein Wirthshaus?

Wirth. Ja, ja! ein Wirthshaus, so schön, als nur eins im Lande sein kann, und so unbesucht, als eins in dem großen Deutschland. Haben Sie denn das Schild nicht gesehen, das so prächtig vergoldet über die Straße hinüberhängt? Pracht von außen, Herr, und Elend im Innern. Gras wächst vor meiner Thüre, daß der Hirt die Kühe nicht vorüberbringen kann, wenn er hinaustreibt. Haben Sie Das nicht bemerkt?

Hadem trat an das Fenster und las die Aufschrift: *zum Verschwender!* mit großen goldnen Buchstaben. Das Schild selbst war mit einem anspielenden Gemälde geziert, das den Geist verrieth, der es angegeben hatte. Und nun erfuhr Hadem: der Kammerrath sei von der Kammer abgesetzt worden; man habe das Haus um einiger Schulden willen verkauft und zu einem Wirthshause gemacht. »Aber,« setzte der Wirth hinzu: »es ist ein Kauf, der mich zum Bettler macht. Kein Bauer des Dorfs und der Gegend hat noch den Fuß über meine Schwelle gesetzt. Mit Vergnügen sieht Jeder das Gras vor meiner Thüre wachsen und sagt laut: ich müßte in diesem Hause entweder verhungern oder toll werden. Der Kammerrath, der mich bedauert, ist noch der Einzige, der mich zu Zeiten besucht; aber selbst sein Beispiel vermag nichts über die Halsstarrigen, die nie an meinem Hause vorübergehen, ohne einen Fluch in ihren Bart zu murmeln. Und mich recht elend zu machen, spricht Keiner ein Wort mit mir; Keiner dankt meinem Gruße; in der Kirche muß ich allein sitzen, und selbst die kleinen Kinder laufen schreiend weg, wenn ich sie anreden will. Ich war bei dem Pfarrer; auch der schweigt und seufzt und scheint unzufrieden mit der Kammer.«

Ferdinand. Und warum setzte denn die Kammer ihn ab? Was hatte er Böses gethan?

Wirth. Böses? Junger Herr, darüber wäre Vieles zu reden! Die Kammer muß es ja wohl wissen. – Ich klage und jammre nun auch umsonst bei ihr. –

Und wo ist denn der Kammerrath? fragte Hadem besorgt.

Wirth. Dem geht es recht gut! Jetzt wohnt er bei dem Schulzen. Er ändert seine Wohnung von Woche zu Woche; und ist er bei den Wohlhabenden eines Dorfes herum, so zieht er auf das nächste und so immer fort. Da ist es denn ein Lärmen, Singen und Schreien, wenn der Sonnabend kommt! Da führen ihn Mütter, Kinder und die Alten mit Hund und Allem, was lebt, so freudig und mit solcher Ehrfurcht in die neue Wohnung ein, als wäre ein Engel vom Himmel gestiegen, um das Haus reich, glücklich und Alles darin gesund zu machen.

Hadem eilte nun mit seinen Zöglingen nach dem Hause des Schulzen. Die Hausfrau war in der Küche beschäftigt; und als man sie nach dem Kammerrath fragte, öffnete sie freundlich die Thüre. Den Kammerrath fanden sie an dem Bette eines kranken Knaben sitzen, mit der rechten Hand einen Fliegenwedel und mit der linken ein großes Pflanzenbuch auf dem Arme haltend.

Als er die Eintretenden gewahr wurde und Hadem erkannte, bewillkommte er ihn, ohne aufzustehen und ohne sich anders zu entschuldigen, als daß er mit einem Blick auf den kranken Knaben hinzeigte.

Hadem stellte ihm seine Zöglinge vor, drückte ihm die Hand, zog einen Schemel näher und setzte sich bei dem Bette nieder. Der Kammerrath stellte nun sein Kräuterbuch zwischen seine Füße und bewegte leise den Wedel über dem Angesicht des Kindes.

Hadem erkundigte sich, was dem Kinde fehle, das er so freundlich besorge; und der Kammerrath antwortete:

»Ein böser Bube hat ihm einen Stoß gegeben, der üble Folgen haben könnte, wenn das Kind nicht so artig und geduldig litte, was wir zu seiner Heilung thun. Ich suche nun noch kräftigere Kräuter zu Bähungen aus; – denn, unter uns gesagt, ich lege mich seit einiger Zeit auf die Kräuter- und Heilkunde, um doch dem guten Volke durch etwas nützlich sein zu können. Sie müssen mich aber ja nicht verrathen, Herr Hadem, und auch Ihre junge Herren nicht. Erführen es die Apotheker und der Landphysikus, so würden sie gewiß schreien: ich schade ihnen.«

Hadem. Sollten sie?

Kammerrath. Ich habe es ja erfahren, daß man nicht behutsam genug gegen Leute sein kann, die der Eigennutz zu Einem Körper verbindet. Ich war es nicht genug, Herr Hadem; wenigstens sagen sie so. Aber was soll ich thun? Wie Sie sehen, werde ich den Fehler wohl behalten.

Hadem drückte ihm noch wärmer die Hand, und Ernst trat näher.

Hadem. Wir sind in Ihrem Hause gewesen, lieber Kammerrath.

Kammerrath(lächelnd). Und haben mich dort nicht gefunden, weil es mein Haus nicht mehr ist. Aber doch haben Sie mein Porträt auf dem großen Schilde gesehen. Wenigstens soll es mich vorstellen, getroffen oder nicht.

Hadem. Sie?

Kammerrath. Sagen Sie, ist es nicht eine Thorheit von der Kammer, dem armen Manne mit aller der Vergoldung und närrischen Pracht so viele Kosten zu verursachen? Wenn die Kammer sich einen Spaß machen wollte, so hätte sie doch ökonomischer dabei verfahren müssen. Dafür heißt sie die Kammer; und Das hätte sie auch hier nicht vergessen sollen.

Hadem. Was wir da sahen, lieber Kammerrath, ist nichts anders als ein dauerndes Denkmal Ihrer Tugend, und durch seine Bosheit ein noch schändlicherer Beweis von dem Unsinn und der Undankbarkeit der Kammer. Ich ahne, woher es kommen mag; und Sie würden mich sehr verbinden, wenn Sie mir sagten, wie es möglich war, wie Das geschehen konnte, was ich von dem jetzigen Bewohner Ihres Hauses erfahren habe.

Kammerrath. Der arme Mann dauert mich; ich mußte die unschuldige Ursache zu seinem Elende sein.

Hadem. Wollten Sie uns erzählen –

Kammerrath. Ich rede so ungern davon.

Hadem. Nun, so kurz, als es die Bosheit verdient; wir lernen dann von Ihnen, sie zu vergessen.

Kammerrath. Nur auf diese Bedingung. Nun, lieber alter Freund, die Kammer sagt: der Kammerrath Kalkheim sei ein Narr; und daran mag wohl etwas sein. Aber Das weiß die Kammer nicht, daß ich immer ein sehr glücklicher Narr war und es noch bin. Ich habe für die Bewohner der hiesigen Gegend allerlei gethan, und die Leute wußten mir es Dank. Sie werden wohl gesehen haben, wie es mit ihren Feldern, Häusern, Scheunen und Ställen steht; Das nun machte mir so viele Freude, daß ich gar nicht daran denken konnte, es mache andern Leuten Kummer. Auch dachte ich so wenig daran, was es mir etwa kostete, daß ich mir gar nicht einfallen ließ, die fürstliche Kammer, die doch dabei gewann, würde mir es verargen. Aber sie sagen, ich sei nicht klug, verdürbe die hiesigen Bauern, die unter anderer Leute Aufsicht ständen, und machte sie unzufrieden, weil Die, unter deren Aufsicht sie ständen, gescheidtere Männer wären, und man sie nicht darum als Kammerräthe über die Bauern gesetzt hätte, um solche Narren wie ich zu sein. Sie sagen, ein Strich Landes müsse nach eben der Regel behandelt werden, wie der andere, und der Kammerrath, welcher von dieser Regel abweiche, schade Denen, die bei dieser Regel blieben. Ja, ein solcher Kammerrath schade am Ende dem Fürsten selbst: denn der Fürst könne doch unmöglich so verfahren, wie der Kammerrath, der von der Regel abweiche, wenn er Fürst bleiben wolle. Man müsse sich wohl hüten, sagen sie, die Ansprüche der Bauern über die Gebühr zu reizen, weil es sonst kein Ende damit nehme; und das Allerklügste, wie das Beste, sei, Alles bei dem Alten zu lassen. Dies kann nun so wahr als klug sein; mir thut es nur leid, daß es so ist. Und sehen Sie nur, wie sich Alles sonderbar fügen und schicken muß. Vor einiger Zeit brannten in einem der benachbarten Dörfer einige Häuser mit

Habe, Fahrt und der eingeführten Ernte ab. Das Elend war groß, und ich wußte, wie langsam Alles bei der Kammer, vermöge dieser Regel, geht. Ich wich also, mit gutem Gewissen, meinte ich, ein wenig von dieser Regel ab, nahm von meinem Eignen, was ich zusammenbringen konnte, und lieh das Fehlende aus der fürstlichen Kasse; denn sehen Sie nur, zehn Monate hatte ich schon von meinem Gehalt verdient, zwei Monate hatten bis zur Zahlung noch zu laufen. So borgte ich demnach nur, was ich schon abverdient hatte. Wie dieses die Kammer erfahren hat, das weiß ich nicht. Man kam auf einmal, untersuchte die Kasse vor der gewöhnlichen Zeit, und als man sie eröffnete, sagte ich den Herren, was und warum ich es gethan. Man erschrak gewaltig, bedauerte höchlich den besondern Vorfall, wollte gehörigen Orts melden, und ich erhielt nicht lange hierauf meinen Abschied wegen des gefährlichen Beispiels, das ich gegeben. Der Abschied enthielt noch allerlei sonderbare Vorwürfe, Vorwürfe, Herr Hadem, die ich gar nicht vermuthen konnte. Aber man erfährt Allerlei in dieser Welt, wenn man nicht so klug ist, wie die Herren. Es meldeten sich noch einige Schuldner, und so verkaufte man geschwind mein Haus mit dem Gärtchen und machte den Mann, der jetzt darin wohnt, zum Bettler. Ich kann ihm nicht helfen, so viele Mühe ich mir auch gebe; denn die Bauern sind so eigensinnig, so aufgebracht – und, denken Sie, der arme Mann kann nicht einmal das Gärtchen nutzen – was soll er mit den Kräutern und Gesäme machen, das ich dort gepflanzt habe, das Ihnen so viel Freude machte! Alles fault, lieber Herr Hadem!

Einen Augenblick, ich muß doch der guten Schulzin sagen, daß sie etwas mehr zum Mittag anrichte; die jungen Herren werden Hunger haben. Der Schulze wird nun bald nach Hause kommen. Denken Sie nur, der eigensinnige Mann wollte den Branntwein zu den Umschlägen nicht bei dem Wirthe *zum Verschwender* kaufen, so sehr es auch Noth that; er lief lieber nach dem Städtchen. –

Er gab Hadem den Fliegenwedel und ging hinaus.

Hadem setzte sich vor das Bett und blickte nach seinen Zöglingen. Ferdinand bat um den Fliegenwedel. Ernst sah unverwandt nach der Thüre; und als der Kammerrath wieder hereintrat, ging er ihm entgegen, begleitete ihn bis zu seinem Schemel und setzte ihn zurecht, als Hadem aufstand. Der Kammerrath sagte:

»Alles ist bestellt. Mir ist es sehr lieb, Herr Hadem, daß ich einmal der häuslichen Sorgen los bin. Ich konnte nie mit dem Gesinde zurecht kommen, weil ich das Zanken nicht verstehe; und recht zu zanken, ist eine größre Kunst, als Sie wohl glauben. Man muß nach dem Sinne eines Jeden zu zanken wissen, wenn es wirken soll. Nun habe ich mehr Häuser als unser guter Fürst, und nicht die geringste Sorge dabei. Darum sage ich eben: wenn die Kammer Recht hat, daß ich ein Narr bin, so bin ich ein sehr glücklicher Narr!«

Ernst ergriff seine Hand: O Gott! laß mich es so werden!

Hadem sah Ernsten gerührt an. Ferdinand bewegte den Fliegenwedel stärker. Der Kammerrath lächelte und sagte zu Ferdinand:

»Sie machten es recht gut, wenn es ein wenig langsamer ginge. Ich will indessen die Kräuter dort pflücken!«

Ernst half ihm; und Hadem unterhielt sich mit dem Kinde, das ihm erzählte, was es von dem Kammerrath gelernt habe.

Der Schulze kam nach Hause. Man setzte sich zu Tische, und die Zeit verflog unter Gesprächen über das Leben des Landmanns. Der Kammerrath legte zu Zeiten die Umschläge auf, und Hadems Zöglinge gingen ihm zur Seite, wohin er sich wendete. Er begleitete die Rückkehrenden: der Abschied ward wie von Freunden genommen, und Ernst pflückte beim Heimwandeln in den blühenden Feldern einen Kranz von Feldblumen und Aehren, den er sehr fest und sorgfältig zusammenfügte und dann am Arme trug. Er bestimmte ihn im Geiste zur Zierde seiner gewählten Blende in der Höhle; da sollte er als ein Denkmal des Mannes hangen, der dieses Paradies geschaffen hatte und dessen Tugend und Güte so rein waren.

6.

Beim Abendtische erzählten die Jünglinge dem Oheim, wie angenehm sie diesen Tag auf dem Lande zugebracht hätten. Der Oheim ließ sich erzählen und sah während der Erzählung verdrießlich auf Hadem. Als aber Ernst über den Undank und die Ungerechtigkeit klagte, die man gegen den Kammerrath ausgeübt, und von diesem Manne in dem Gefühle sprach, in welchem er ihn ansah, endlich gar seinen Oheim dringend bat, sich für ihn zu verwenden, sagte der Präsident in einem rauhern Tone, als er bisher noch gethan hatte:

»Herr Hadem, wissen Sie wohl, daß ich Präsident dieser Kammer bin? daß ich des Thoren Abschied unterschrieben habe? daß ihm widerfahren ist, was er mehr als verdient hat? Soll mein Neffe etwa von Ihnen lernen, sein Oheim sei ein ungerechter Mann? Und was soll Das heißen, daß Sie die jungen Leute zu einem Thoren führen, dessen Beispiel, Narrheit und Spiegelfechterei so verderbend als ansteckend für sie sind? Zu einem Phantasten, der die fürstliche Kasse mit der Rechten bestiehlt, um mit der Linken, wie Hans Eulenspiegel, Almosen zu spenden! Ich mag mich jetzt nicht weiter über diese Sache herauslassen und sage Ihnen nur so viel, daß dieses nicht die Leute sind, zu denen ein Hofmeister die ihm anvertrauten jungen Edelleute führen muß, da sich in der Residenz und vorzüglich in meinem Hause bessere, anständigere und nützlichere Bekanntschaften für sie machen lassen.«

Hadem antwortete kalt und trocken:

»Den Schaden, Eure Excellenz, der durch diesen Besuch diesen jungen Edelleuten widerfahren sein mag, habe ich gegen Herrn von Falkenburg zu verantworten.«

Sie vergessen, mein Herr, daß ich nun seine Stelle vertrete! sagte der Präsident mit Unwillen.

Hadem erwiederte:

»Das Weitere nach der Tafel, Herr Präsident!«

Ernst trat bittend zu seinem Oheim, ergriff sanft seine Hand und küßte sie. »Sie irren sich, lieber Oheim; dieser Besuch ist uns sehr nützlich gewesen. – Verzeihen Sie mir meine Zudringlichkeit; und sollten Sie mir dieselbe auch nicht verzeihen, so muß ich doch noch einmal für den Kammerrath bitten, dem so viel Unrecht geschehen ist. Gewiß hat man Ihnen, in Ansehung seiner, nicht die Wahrheit gesagt; er hat Feinde, der gute Mann. – Hören Sie die Wahrheit von mir!«

Präsident. Ich weiß sie recht gut, lieber Neffe, die Wahrheit, und weiß auch, daß dieser Thor keinen größern Feind hat, als sich selbst. Vernimm nun mein letztes Wort über diesen, mir jetzt noch gehässigern Punkt. Laß dir dasselbe als ein Edelmann, der einst thätig in der Welt auftreten muß, von einem erfahrnen Geschäftsmann gesagt und unvergeßlich sein. Jeder Staat, er sei groß oder klein, besteht durch ein Ding, an das Alles gefesselt ist und gefesselt bleiben muß, das Alles durch feste, unabänderliche Ordnung in Abhängigkeit von sich hält. Dieses Ding, Ernst, heißt *System*: und nach ihm muß sich ein Jeder von uns bequemen, er sei und heiße, wie er wolle. Es ist unser Aller gewaltiger Herr und Herrscher. Der Fürst selbst muß sich ihm unterwerfen und gleicht dadurch dem Gott der alten Fabel, der zwar Alles beherrscht, aber von dem ewigen Schicksal, vor ihm selbst geboren, abhängt. Sieh, ich kann auch in Bildern reden und beweise dir nun, daß ich die Bücher gelesen habe, die dich zu erhitzen scheinen. *(Er blickte nach Hadem und fuhr fort.)* Jeder kühne Vernünftler nun, oder jeder heiße Schwärmer, der durch anmaßende Zurechtweisungen, unregelmäßige Eingriffe den festen Gang dieses kalten, unbiegsamen, nothwendigen Wesens, das Alles zermalmet, was sich ihm entgegenstellt, und das die Menschen zu ihrer eignen Erhaltung als Herrscher über sich erschaffen mußten, zu stören wagt, zerstößt sein leeres oder feuriges Gehirn an diesem in Erz gepanzerten Riesen. Ich habe bemerkt, daß die Metapher deine Lieblingsfigur geworden ist; so wirst du mich ja um so leichter verstehen.

Hadem saß da, als führen verzehrende Blitze aus dem Munde des Redenden. Er sah durch einige Athemzüge des gereizten kalten Mannes sein ganzes Gebäude erschüttert; die Blüthen seiner Hoffnung von einer giftigen Luft in dem Augenblick angehaucht, da sie eben aus der Knospe dringen wollte.

Ernst stand da, als habe sein Oheim durch einen Zauberspruch die Sonne verfinstert und ihn mitten in den Kreis scheußlicher, der Finsterniß entsprungener Gespenster gestellt.

Hadem wollte reden. Der Präsident hob die Tafel auf und trat mit ihm in ein Seitenzimmer. Er sprach:

»Es scheint nicht, Herr Hadem, daß Ihnen Das sehr gefalle, was ich so eben nothgedrungen sagen mußte. Ich glaube es gerne; denn ihr Herren, die ihr auf eurer Studierstube die Menschen und ihr Wesen nur aus Büchern kennen lernt, tragt gar zu gern eure abgezogenen Begriffe in die Welt über, in welcher ihr immer Fremdlinge seid und bleibt. Ich dachte wohl, daß Sie so etwas diesem Aehnliches vorbringen würden; darum endigte ich das Gespräch im Speisesaal. Glauben Sie mir, Herr Hadem, nichts ist jungen Leuten von lebhaften Gefühlen nachtheiliger, als wenn man ihre Erwartungen von den Menschen und ihrem Werth über die Grenzen der Wirklichkeit treibt. Denn entweder sieht der junge Mann ein, daß man ihm zu viel gesagt hat, und wirft plötzlich Alles als Lüge weg, wird ein schlechter Kerl; oder, hat er Kraft und Stolz, so wird er am Ende ein mißmuthiger, melancholischer Tropf, sich und Andern zur Last. Darum frage ich Sie nun als ein Mann, der Beides haßt: was denken Sie eigentlich in meinem Neffen zu erziehen?«

Hadem. Und so antworte ich Ihnen als ein Mann, der auch Beides haßt: – Wenn es mir glückt, wie ich zu hoffen Grund habe; wenn Aeußerungen, wie ich so eben vor der Zeit vernehmen mußte, mich nicht in meinen schönen Hoffnungen betrügen ...

Der Präsident ward finster-ernsthaft.

Hadem fuhr fort: Warum sollt' ich Ihnen nicht sagen, daß Bemerkungen, Bilder über die Gesellschaft, der wir einst beitreten sollen, so fürchterlich und ohne alle Vorbereitung aufgestellt, wie Sie es eben thaten, nur dann von uns ertragen und richtig beurtheilt werden können, wenn unser Herz schon so weit ausgebildet, schon seiner so mächtig geworden und mit der Vernunft in eine so richtige Uebereinstimmung gebracht ist, daß es unsre eigennützigen Leidenschaften, unsere selbstigen Triebe und Begierden, die aus dergleichen, auf sogenannte Erfahrung gegründeten Sätzen entspringen, meistern kann? Leicht nimmt der Mensch die Stelle des Ganzen ein und sieht es gerne für einen Gegenstand an, mit dem Der am besten auskommt, der ihn am klügsten zu seinem Vortheil zu benutzen weiß. Ich denke Ernsten und seinen Freund so hoch zu stellen, daß sie nie im Schlamm des Eigennutzes versinken können;

und darum müssen die Flügel, die sie über diesem Pfuhl empor halten sollen, aus ihrem eignen Herzen wachsen. Hier haben Sie meine Antwort auf Ihre Frage und den ganzen Sinn meines Erziehungsplans.

Präsident. Und nochmals frage ich: was wollen Sie in meinem Neffen erziehen?

Hadem. Einen Menschen.

Präsident. Einen Menschen!

Hadem. Und zwar in dem Sinne, weil Sie doch die Bedeutung von mir hören wollen, daß er es nicht für sich allein sei, daß er es für Jeden sei, es für sich selbst, in jeder Lage des Lebens, er sei glücklich oder unglücklich, reich oder arm, verbleibe; daß er jeden Schlag des Schicksals, der Bosheit der Menschen ertragen lerne und keinem unterliege; daß er keinen größern Sieg kenne, als den Sieg über sich und seine eigennützigen Leidenschaften, über das Böse und Unrecht Anderer. Einen Menschen hoffe ich in ihm zu erziehen, der eine stille, gute That der größten und rauschendsten vorziehe und der den Menschen so durch sich und sein Wirken achten lerne, daß er ihn in keinem, auch in dem Geringsten nicht verachte; der fest glauben lerne und nie vergesse, daß es nur Leute der Art sind, wozu ich ihn bilden möchte, und wozu er so vielversprechende Anlagen hat, die das gepanzerte Gespenst, das Sie so fürchterlich schreckend auftreten ließen, noch so im Zaume halten, daß es die Menschen, die es, wie Sie selbst sagen, nur um ihrer Erhaltung willen geschaffen haben, nicht unter seinem ehernen Fuße zermalmen kann.

Präsident. Ein Stoiker könnte nicht erhabener sprechen! Setzen Sie das Horazische: *er ist König!* hinzu; und das Bild des Weisen ist vollendet. Freilich sind dieses gewaltige Machtwörter, Herr Hadem; aber ihr zauberischer Glanz verdunkelt sich gar schnell vor dem Zwitterlichte, das uns in diesem Sumpfe, wie es Ihnen das menschliche Leben zu nennen beliebt, noch immer leuchtet. Wir stecken nun einmal darin und müssen es sogar leiden, daß es uns Leute Ihrer Art von ihrer glänzenden Höhe zurufen. Indessen ist leider auch meinem Neffen ein Platz in diesem Sumpfe angewiesen, und er muß einmal darnach erzogen werden, daß er darin nicht versin-

ke. Darum, Herr Hadem, einen Edelmann und keinen Menschen –
Sie verstehen ja, was ich sagen will.

Hadem. Und so, Ew. Excellenz, daß jede Antwort überflüssig wäre.

Der Präsident wendete ihm verdrießlich den Rücken zu.

7.

Ernst ging wie im Traum auf das Zimmer. Sein innrer Sinn schwankte, und das hohe Gebilde seiner Seele, in jugendlicher Begeisterung errungen, schien hinter fernen dunklen Wolken, außer seinem Gesichtskreise, zu schweben. Der Sinn der Worte, die der Präsident gesagt hatte, bildete sich in ein furchtbares, drohendes Wesen um ihn aus; und schon jetzt würde es sich ihm, in dieser Spannung, enthüllt haben, wenn der Mann, der die Veranlassung dazu gab, nicht aus dem ihn umschattenden Dunkel hervorgetreten wäre. Seine reine, einfache Tugend warf einen sanften Lichtstrahl auf den Kranz, den er heute gepflückt hatte und der jetzt über seinem Hauptkissen hing. Die Wolken, die seine Göttin verhüllten, wurden wieder lichter.

Ferdinand! rief er nach langem Schweigen; du hast gehört, daß ich meinen Oheim umsonst für den Kammerrath gebeten habe. Der arme, gute Kammerrath! Wie konnte der Oheim mir eine so billige, so kleine, so gerechte Sache abschlagen!

Ferdinand. Wenn ich deinen Oheim recht verstanden habe, so hat er dir sie eben darum abgeschlagen, weil sie gerecht ist und er Unrecht hat. Auch dünkt es mich nach seinen Reden, daß es eben nicht die kleinste und leichteste Sache in der Welt ist, gerecht zu sein. Und um so besser, Ernst! Es ist mir recht lieb, daß es sich so verhält. Um so mehr können *Die*, welche den Muth haben gerecht zu sein, Lob und Ruhm in der Welt erwerben. Wie, wenn wir nun dem guten Kammerrath, trotz dem Oheim, zu helfen suchten, helfen könnten!

Ernst. Trotz dem Oheim? Und wie?

Ferdinand. Ich möchte gar zu gerne das ganze Fürstenthum in einen solchen Garten verwandelt sehen, den Hadem mit allem Rechte ein Paradies nennt. Und wenn ich mich so mitten hineinsetzen könnte, als sein Schöpfer –

Ernst. Dich? Was träumst du nun wieder von der Zukunft! Ich dachte, du wüßtest ein Mittel, dem Kammerrath zu helfen, ihm sein Haus, seinen Garten, seine Stelle wieder zu verschaffen!

Ferdinand. Dies ist es eben, was mich beschäftigt, und darum, Ernst, muß etwas Kühnes unternommen werden; etwas, das kein Mensch von uns erwartet, so etwas, das deinen klugen Oheim selbst in Erstaunen setzt.

Ernst. Und was?

Ferdinand. Es wird in der ganzen Stadt, am Hofe selbst Aufsehen machen, darauf verlasse dich. Ich dachte es mir schon heute, als ich an dem Bette des kranken Knaben stand, die Fliegen wegjagte und den guten Mann so reden und handeln hörte und sah.

Ernst. Schon da dachtest du es? Nun, so muß es gewiß ein guter Einfall sein, da du ihn in diesem Augenblicke gehabt hast. Ich dachte an weiter nichts, als wie glücklich er wäre, wie er gar nichts zu bedürfen schiene. Aber nun, Ferdinand, da ich meinen Oheim so von ihm reden hörte, denke ich ganz anders; und ietzt denke ich auch, daß ihn die Menschen brauchen; daß ihn *Die* brauchen, die an das Wesen, von welchem mein Oheim so ängstlich für mich sprach, gefesselt sind. Er nannte das kalte, ungeheure Ding: System; und mich überläuft ein frostiger Schauder, wenn ich das Wort ihm nachspreche. Ach, ich sehe es wohl, eben dieses furchtbare Wesen hat den guten Kammerrath zermalmet; und herrscht wirklich ein solches Ungeheuer überall, so fürcht' ich, Ferdinand, es wird auch mich zermalmen.

Ferdinand. Das würde es gewiß, wenn wir uns vor ihm fürchteten; aber das wollen wir nicht. Wir fürchten uns ja nicht vor andern Gespenstern, sondern lachen über den Wahn, der sie erzeugt. Und mit diesem da, das der Oheim so schrecklich malt, möchte ich am liebsten kämpfen.

Ernst. Auch ich könnte es; aber was hast du ersonnen?

Ferdinand. Geradezu an den Fürsten zu schreiben, der, wie Alle sagen, so gut ist, und ihm die ganze Geschichte des Kammerraths zu erzählen. Ich wette, er gibt ihm Alles zurück; und dann kann der Kammerrath noch mehr Gärten in des Fürsten Lande pflanzen.

Ernst(*ging auf und ab*). Und mein Oheim?

Ferdinand. Deinen Oheim hat die Kammer betrogen; wie hätte sonst er, ein so kluger Mann, etwas zum Nachtheil der Kammer und des Fürsten thun können? Hätte er es aber gekonnt, Ernst, so muß Einer aus Eurer Familie wieder gut machen, was der Andere schlecht gemacht hat, und so die Ehre der Familie retten. Mein Timoleon schonte seines Bruders nicht, als dieser anfing ungerecht zu sein.

Ernst. Ferdinand, ich will hoffen, mein Oheim hatte keinen Theil daran.

Ferdinand. Und wenn nun? Wir zeigen ihm doch, daß wir uns vor seinem Gespenste so wenig fürchten, als Hadem, den dessen Hervorrufen nur deßhalb zu bekümmern schien, weil er ganz anders von der Sache denkt. Und sagt uns Hadem nicht immer, daß man bei guten, gerechten Unternehmungen weder auf sich noch Andere Rücksicht nehmen müsse? Sollte ich nun etwas unternehmen, so würde ich eher Hadem als deinen Oheim um Rath fragen; denn mich dünkt, dein Oheim weiß recht gut, was sein Gespenst ihm nützt, kümmert sich aber nicht sehr viel darum, was es Andern schadet.

Ernst. So laß uns Hadem um Rath fragen.

Ferdinand. Auf keine Weise. Ich theile den Ruhm der ersten guten That, die wir unternehmen wollen, nur mit dir, mit keinem Andern, selbst mit Hadem nicht. Nur dir bin ich Dieses und Alles schuldig, von der Höhle her. Ernst, es muß eine Jugendthat sein; – und soll sie ihn recht freuen, die That, soll er sie als eine Wirkung seiner uns gegebenen Lehren betrachten, so muß sie ohne seine Leitung geschehen. Leicht könnte es ihm auch bei deinem Oheim, der ihn eben nicht zu lieben scheint, Verdruß machen; und da es etwas für die Gerechtigkeit Gewagtes ist, so müssen wir alle Gefahr allein bestehen.

In Ernstens Seele arbeitete die Vorstellung des Unternehmens mächtig. Schon entwarf er im Geiste, was er dem Fürsten schreiben wollte. Er wendete sich zu Ferdinand:

»Aber wie dem Fürsten den Brief zustellen?«

Ferdinand. Nichts ist leichter. Erinnerst du dich der dunkeln Laube am hellen Teiche, der grünen Insel gegenüber, wo wir ihn jeden Morgen von fern mit einem Buche allein sitzen sehen? Wir legen den Brief auf die Bank und verschwinden. Er kommt, findet, liest; und der Kammerrath erhält, was wir ihm wünschen.

Die Jünglinge kleideten sich aus. Hadem kam; er fand sie ruhig, sah in Ernstens Augen den Duft der schönen Begeisterung und schmeichelte sich mit der Hoffnung, daß die Reden des Oheims ohne gefährliche Wirkung an ihm vorübergegangen wären.

Im Traume arbeitete der Gedanke in Ernstens Seele fort. Er erwachte sehr früh und rief Ferdinand. Da dieser von dem gestrigen Vorhaben nichts erwähnte und ganz ruhig im Bette blieb, so sprang Ernst auf, kleidete sich schnell an und schrieb dem Fürsten die Geschichte des Kammerraths in eben dem schönen und einfachen Gefühle, wie sein junges Herz sie gestern empfunden hatte. Er endigte mit den Worten: »Ich fürchte durch eine Bitte für den Kammerrath einen so guten Fürsten zu beleidigen, da jede Bitte einen Zweifel an seiner Güte und Gerechtigkeit voraussetzt.« Ehe Hadem und Ferdinand aufstanden, war Ernst schon in dem fürstlichen Garten gewesen und hatte sein Schreiben an Ort und Stelle gebracht. Auf den Schwingen der ersten guten That flog er nach Hause und lispelte die Zeitung davon in das Ohr des noch schlafenden Ferdinands.

Es war der erste Schritt, der erste Gedanke, den er Hadem verheimlichte; und dieser Schritt entschied über seine Denkungsart, die Stimmung seines Geistes und verdunkelte über den wichtigsten Punkt seines Lebens sein Gefühl so sehr, daß er dessen in späteren Zeiten nie mehr so mächtig werden konnte, wie er es in seiner schönen, blühenden Jugend im Busen trug.

8.

Der Präsident ward nach Hofe gerufen, und der Fürst gab ihm mit freundlicher Miene den Brief seines Neffen. Er las, beobachtete dabei diese Miene, gab den Brief lächelnd zurück und erzählte dann dem Fürsten in einem leichten Tone, was Abends vorher zwischen ihm und seinem Neffen vorgefallen sei. Zugleich gab er dem Fürsten zu verstehen, er glaube, der Hofmeister verwirre dem jungen Menschen den Kopf; bat dann für den Jugendstreich um Vergebung und versicherte dem Fürsten, er wolle Alles in der Stille in Ordnung bringen.

Der Fürst antwortete:

»Ich habe Ihrem Neffen gar nichts zu vergeben und bin so wenig gegen ihn aufgebracht, daß ich ihn vielmehr zu sehen wünsche. Der Brief ist schön, ruhig und bescheiden abgefaßt. Ich erinnere mich von langer Zeit her keines, der mir so viel Vergnügen gemacht hätte. Herz und Verstand sprechen hier, und meine Räthe schreiben nie so. Der junge Mensch that, was ich selbst so gern thue; er will einem nützlichen Manne helfen, und dazu wählte er den geradesten Weg. Diese Einfälle kommen unsern jungen Leuten jetzt eben so selten, wie den Alten, und darum muß man ihn so behandeln, daß man ihn nicht abschrecke. Leicht könnten wir hier das Gute zerrütten, das sich mit so vieler Güte, mit so unschuldigem Vertrauen zeigt. Sorgen Sie nur dafür, daß der Kammerrath wieder angestellt werde; denn ich glaube der Erzählung Ihres Neffen mehr, als Ihren Räthen. Diese verdrehten aus Liebe zur Ordnung einen Umstand, den der junge Mensch viel richtiger gefaßt hat.«

Der Präsident äußerte: Es sei nie sein Wille gewesen, den würdigen Kammerrath in Unthätigkeit zu lassen. Was geschehen sei, habe ihm selbst sehr leid gethan; aber das Sonderbare der Umstände habe ihn dazu gezwungen. Der Posten, den er ihm jetzt bestimme, sei von der Art, daß der Kammerrath in demselben alle seine Eigenheiten, ohne Nachtheil für Andere, ausüben könne; nur bitte er Seine Durchlaucht, ihm noch einige Frist zu geben, damit sein Neffe nicht etwa glauben möge, er habe es durch die Klage bewirkt. Er fürchte die Folgen davon nur für seinen Neffen, da die Welt seinem Benehmen wahrscheinlich eine andere Wendung geben werde, als es die wirklich gute Absicht des Jünglings verdiene. Auch wage er es, Seine Durchlaucht zu bitten, seinen Neffen jetzt nicht zu sehen; es könnte zu viel Aufsehen machen, vielleicht gar den Stolz des jungen Menschen reizen: und nichts sei gefährlicher für Jünglinge von der sonderbaren Geistesstimmung seines Neffen. »Gewiß,« setzte er hinzu, »wird Niemand in der Residenz, da doch im Grunde die Klage seinen Oheim betrifft, so darüber denken, wie Ew. Durchlaucht und ich. Soll ich nun den Jüngling dem Unwillen der Welt über eine Handlung aussetzen, für die er, wie Sie selbst zu sagen geruhen, Lob verdient?«

Der Fürst fand seine Vorstellung billig und weise. Er nahm den Brief aus den Händen des Präsidenten zurück und äußerte:

»Sagen Sie Ihrem Neffen, daß ich diesen Brief, als ein mir gethanes Gelübde, aufbewahren will; daß ich, wenn er ein Mann sein wird, nach diesem Briefe urtheilen werde, ob er gehalten hat, was er hier verspricht, wozu er sich durch einen solchen Schritt als Jüngling verpflichtet. Sagen Sie ihm, daß ich auf ihn rechne – und Ihnen wünsche ich Glück zu einem solchen Neffen.«

9.

Der Präsident spottete in seinem Herzen über das Benehmen des Fürsten bei einer Sache, die ihm so widerlich und empörend vorkam. Gleichwohl war er mit der Wendung sehr zufrieden, die sie genommen hatte. Mit ganz andern Empfindungen kehrte er nach Hause zurück. Die Handlung seines Neffen malte sich mit den schwärzesten Farben vor seinen Augen. Er betrachtete sie als ein Verbrechen gegen seinen nächsten Verwandten und ihn selbst als einen gefährlichen Aufrührer gegen die Gerechtigkeit, die er nach Gesetz und Recht gegen einen schädlichen Thoren ausgeübt zu haben glaubte. Die ganze That kam ihm durch diese Vorstellung so frech und unerhört vor, daß sein ganzer Haß auf den Neffen gefallen sein würde, wenn der stärkere Haß gegen Hadem nicht in diesem Augenblick auf diesen, als den Urheber der ihm so widrigen That, gezeigt hätte. Hadem mißfiel ihm von dem ersten Augenblick an, da er ihn sah; er war nun froh, ihn schuldig zu finden und seinen Neffen, den er als Sohn seiner Schwester und dadurch als einen zu seiner Familie Gehörigen zu lieben glaubte, entschuldigen zu können. Er ließ sogleich Hadem rufen und fragte ihn mit spöttelnder, verachtungsvoller Kälte:

»Herr Hadem, wollen Sie einen Don Quixote in meinem Neffen auferziehen, der sich mit der Welt für die Dame Gerechtigkeit auf Leben und Tod herumschlage, um seine Tage endlich im Tollhause, oder auf einem Dorfe zuzubringen, wie der Held, um dessentwillen er den dummen Streich gemacht hat?«

Hadem. Ich verstehe Ew. Exzellenz nicht.

Präsident. Verstellen Sie sich nur! Wenigstens soll es Ihnen hier an Zeit fehlen, auch diese Kunst meinen thörichten Neffen zu lehren.

Hadem. Wie sollte ich zu dieser Kunst kommen? wie ihrer bedürfen? Präsidire ich doch weder am Hofe, noch in einem Departement! – Sie scheinen eine Klage gegen mich zu haben; warum bringen Sie diese nicht eben so gerade und bieder vor, als ich sie, wie Ew. Excellenz wohl sehen, erwarte?

Präsident. So hören Sie denn, biedrer, ehrlicher Mann! Ich habe so eben in den Händen des Fürsten einen Brief meines Neffen gesehen. In diesem Briefe klagt mein Neffe über die Ungerechtigkeit, welche die Kammer, deren Präsident ich bin, wie Sie und er wissen, gegen den Narren von Kammerrath begangen haben soll. Herr Hadem, glaubte ich, daß mein Neffe diesen Brief aus eignem Antrieb geschrieben hätte: ich würde ihn zur Stelle aus dem Hause stoßen, in welchem er Blutsverwandtschaft und Gastrecht so schändlich beleidigt und gebrochen hat. Aber es ist Ihr Werk; meine gestrige vernünftige Vorstellung hat Sie beleidigt, und um sich zu rächen, haben Sie den jungen Phantasten gegen seinen nächsten Verwandten empört – haben ihn selbst dem Fürsten auf immer lächerlich gemacht. Ich denke doch, Sie wissen, was für Folgen dieses für ihn haben muß. Erfährt es nun die Stadt, so muß er ein Gegenstand des allgemeinen Hasses und Abscheues werden. Und noch einmal – bei Gott – könnte ich glauben, die Bosheit käme von ihm her, ich würde ihn den Augenblick aus dem Hause jagen – ihn wegschleudern wie ein giftiges Ungeziefer – die ganze Verwandtschaft vor dem jungen Ungeheuer warnen, das schon so früh den Busen Derer verwundet, mit denen es durch das Blut verwandt ist.

Kaum faßte Hadem den ganzen Sinn der Worte des Präsidenten, als er alle die Folgen dieses unüberlegten Schrittes für sich und seinen geliebten Zögling einsah. Er begriff die That, ihren reinen Bewegungsgrund in dem Herzen des Jünglings, und schmerzlich drangen die Worte des Präsidenten: »er habe sich bei dem Fürsten lächerlich gemacht; er müsse ein Gegenstand des Abscheus werden;« in seine Seele. Dieser Schmerz wurde aber bald durch ein noch peinlicheres Gefühl verdrängt. Wenn er erklärte und bewiese, daß er von dem ganzen Vorfall nichts wüßte, so würde der edle Jüngling beladen mit dem Hasse seines Oheims, aller seiner Verwandten, vielleicht selbst seines Vaters dastehen; und wie müßte dieser Haß auf sein fühlbares Herz, seinen hochgestimmten Geist wirken! wie ganz seine Denkungsart verkehren, vergiften, und alles geträumte Glück vernichten! Sollte er ihn aus dem Hause seines Oheims stoßen lassen? sich mit ihm? wie ein, mit ihm von seinem nächsten Verwandten Verstoßner und Verbannter, zu dem Vater wandern?

In dieser Angst für den von ihm so unaussprechlich geliebten Jüngling sah er für ihn keine andere Rettung, als die Schuld allein auf sich zu nehmen, alle Vorwürfe des Oheims, ohne Entschuldigung, ohne ihn weiter zu reizen, als verdient, geduldig und bescheiden anzuhören. Er schwieg und sah ihn mit den Blicken eines Mannes an, der sich zum Besten eines Andern vergißt, dessen Glück er seinem eignen vorzieht.

Der Präsident sah sein Schweigen als ein Geständniß an und sagte:

»Ihr schweigendes, demüthiges Geständniß söhnt mich wieder mit meinem Neffen aus, und ich bin so erfreut darüber, daß ich Ihrem eignen Gewissen die Vorwürfe überlasse, die ich Ihnen zu machen so sehr berechtigt wäre. Ich ziehe einen Schleier über das Geschehene, weil ich die ganze Geschichte zur Ehre meines Hauses, der Familie und zum Vortheil meines Neffen unterdrücken will. Sie können nur dadurch einen Theil des von Ihnen veranlaßten Uebels wieder gut machen, daß Sie mir hierin behülflich sind. Ernst soll von Allem nichts erfahren; er soll nicht wissen, wie der Fürst über seine Thorheit denkt. Den Grund davon werden Sie, hoffe ich, begreifen. Sie verlassen in einigen Stunden mein Haus; ich sorge dafür, daß Alles zu Ihrer Abreise fertig ist. Sie versprechen mir jetzt, mit meinem Neffen nicht über das Geschehene zu reden und ihm zu verschweigen, daß Sie ihn verlassen, *warum* Sie ihn verlassen. Ich werde ihm dieses auf eine Art ankündigen, die ihn gewiß befriedigen wird. Und ferner geben Sie mir Ihr Wort, an meinen Neffen nicht zu schreiben; wir haben schon an dieser Probe genug.«

Der Gedanke an die plötzliche Trennung von seinem geliebten Zögling, die Furcht vor den Folgen dieser unvorbereiteten Trennung für denselben, erschütterten Hadems männlichen Muth. Die Thränen brachen aus seinen Augen hervor; er wankte gegen einen Stuhl hin, um sich daran zu stützen.

Der Präsident, welcher seine Empfindungen falsch deutete, klopfte ihm leise auf die Schulter und sagte kalt:

»Ich wünsche von Herzen, daß dieses die letzte Thorheit sei, die Sie zu beweinen haben mögen.«

Hadems Thränen erstarrten in seinen Augen; er sah den Mann mit einem Blick an, den dieser nicht ertragen konnte.

»Sie geben mir Ihr Wort?« fragte der Präsident abgewendet.

Hadem. Ja, ich gebe es Ihnen; es ist zugleich das letzte, das Sie von mir hören sollen. Vergessen Sie nur nicht, Herr Präsident, daß in dem Jüngling, den Sie einen Phantasten nennen, ein Mann keimt, für den Sie weder in Ihrem Herzen, noch in Ihrem Geiste einen Maßstab haben. Hüten Sie sich deßhalb, da nach Ihrer Art modeln und künsteln zu wollen, wo die Natur so kräftig und schön gebildet hat!

Er ging nach dem fürstlichen Garten, um sich zu sammeln. Unter dem tiefen Schmerz des Abschieds von dem liebenswürdigen Jüngling, in welchem er alle seine schönen Träume von edler Menschheit nach und nach lebend aufblühen zu sehen hoffte, tröstete ihn jetzt nur der einzige Gedanke, daß er durch sein Benehmen die Härte des Schlages für ihn gemildert habe. Der gestrige Tag, die Veranlassung zu dem Besuche bei dem Kammerrath, der alle die Ereignisse erzeugt hatte, drangen auf ihn ein; er sah sich von Allem als die Ursache an. Obgleich der Bewegungsgrund seiner Handlung und seiner Reden so rein war, so sah er doch jetzt mit trübem, traurigem Blicke zum Himmel auf, und seinen bebenden Lippen entfielen die Worte:

»Sieh, das Schicksal eines von deinen edelsten Geschöpfen durch Zufälle herbeigeleitet, die ich veranlaßte, weil ich ganz andere Folgen davon erwartete! Gehört der unvermuthete, für mich so peinliche Schlag zu meiner, zu des Jünglings Prüfung? Mußte ihn darum eine so rauhe Hand aus dem süßen Traume aufschrecken, aus welchem ich ihn ohne Erschütterung zu erwecken hoffte? Ich hatte sein Erwachen vorbereitet, und mitten in dieser Welt sollte er so leise und sanft erwachen, wie der Säugling an dem Busen der sorgfältig wachenden Mutter. Gleich ihm sollte er wissen, wohin er sein Haupt legen könnte. Ganz sollte er erst fühlen, wie und wozu du den Menschen gebildet hast, eh' er erführe, was der Mensch aus sich gemacht hat! Ich kann es nun nicht mehr. Erhalte du ihm die Denkungsart, die ich so sorgfältig gewartet habe; entferne den finstern Eindruck dieser Ereignisse von seinem reinen Geiste und laß die Worte der Beschwörer von seinem guten Herzen abgleiten. Gib ihm einen guten Führer, der seine Seele nicht mit Tand, Wahn und Gaukeleien vergifte. Bewahre das Heiligthum seines Herzens, in welchem sich die Schöpfung, dein erhabenes Werk, so schön und treu abspiegelt. Laß mich ihn einst wiederfinden, wie du mir ihn gabst!«

Hadem kam spät nach Tische zurück. Seine Zöglinge, gespannt durch die Erwartung des Ausgangs von ihrem Unternehmen und beunruhigt über die ungewöhnliche, lange Abwesenheit ihres Lehrers, sprangen ihm entgegen, als sie ihn die Treppe herauf kommen hörten, und führten ihn in ihr Zimmer. Er trat bis in die Mitte desselben, sah Ernsten mit seiner gewöhnlichen Freundlichkeit an und sagte:

»Lieber Ernst, vergessen Sie nicht, was ich Ihnen in diesem Augenblick und viel früher sagen muß, als es mein Vorsatz war.

»Auch Das, Geliebte, was den Menschen allein gut, groß und erhaben macht, was seinen Ursprung von *Dem* allein beweist, mit welchem er durch seinen unsterblichen Geist verbunden ist – auch die Tugend hat auf Erden und unter den Menschen ihr Maß und ihre Regel – auch sie verträgt, zum Besten Derer, für die sie ausgeübt wird, wie zum Besten Derer, die sie ausüben, keine Uebertreibung. Das Herz –«

Er wollte seine Empfindungen und Gedanken weiter entwickeln, als der Präsident hereintrat:

»Sie haben mir nur halb Wort gehalten, Herr Hadem; aber da es das erste gescheidte Wort ist, das Sie den jungen Leuten gesagt haben, so mag es darum sein. Das letzte ist es gewiß.«

Hadem. So lassen Sie mich denn in Ihrer Gegenwart den Abschiedskuß von meinen Zöglingen nehmen und verantworten Sie die Folgen vor *Dem*, der diesen Geist so erschaffen hat, wie ich ihn kenne. *(Zu den Jünglingen.)* Die Nothwendigkeit gebietet hier; lernen Sie von mir ihr Joch tragen.

Er drückte Ferdinanden und dann Ernsten an sein Herz. Ferdinand schrie laut und heftig: »Was ist Das? Verlassen Sie uns?«

Ernst sah, mit der Aschfarbe des Todes bedeckt, auf Hadem, auf den Präsidenten und stammelte seinem Freunde nach: Verlassen!

Hadem bedeckte seine Augen und eilte davon.

Präsident. Es thut mir leid, lieber Neffe; aber es kann nicht anders sein. Der verrätherische, schändliche Brief, den er dem Fürsten geschrieben hat, oder durch dich schreiben ließ, veranlaßt seine Entfernung. Er kann von Glück sagen, daß der Fürst mich rufen ließ und mir die Sache anvertraute; ohne meine Bitten und Vorstellungen wäre er für die That bestraft worden, wie er es verdiente.

Ernst. Er gestraft? Er den Brief geschrieben? Er hat ja nicht das Mindeste davon gewußt! Ich, ich habe den Brief erdacht und geschrieben, als er und Ferdinand noch schliefen, und ihn in dem Garten des Fürsten auf seine Ruhebank gelegt, ehe Hadem noch aufgestanden war.

Präsident. Neffe, ich sage, er hat ihn geschrieben!

Ernst. Er hat ihn *nicht* geschrieben; er weiß kein Wort davon. Ist es eine Thorheit, um so schlimmer für den Fürsten; aber ich allein beging sie.

Der Präsident stampfte zornig mit dem Fuße auf den Boden und rief:

»Neffe, bei meinem Gott! er muß den Brief geschrieben haben!«

Ernst. Kennen Sie Ihren Neffen als Lügner?

Präsident. Er gestand es selbst.

Sobald Ernst diese Worte vernahm, sprang er nach der Thüre. Der Präsident trat vor ihn:

»Umsonst, du siehst den Pedanten nicht wieder; er hat seinen Abschied, und ich kam, es dir anzukündigen.«

Ernst. Seinen Abschied? – Oheim! – seinen Abschied von mir? – *(Mit starrer Kälte)* – Herr Oheim, geben Sie ihm seinen Abschied nicht – jetzt nicht – o, nur jetzt nicht! –

Präsident. Es ist nicht zu ändern. Aber warum nur jetzt nicht? Hast du ihn noch zu einem solchen Geschäfte nöthig?

Ernst. O ja; ich habe ihn zu einem sehr wichtigen Geschäfte nöthig. Thun Sie es nur jetzt nicht! – nur jetzt nicht! – Es wird Sie gewiß reuen – denn ich glaube, es wird mich sehr unglücklich machen – jetzt, in diesem Augenblick, wird es mich mehr als unglücklich machen!

Es lag etwas Erschütterndes, unbeschreiblich Rührendes in dem sanften, ernsten Tone, den zitternden Bewegungen der Lippen, dem schüchternen Umherblicken der Augen und der ganzen Stellung des Jünglings. Er setzte selbst den Präsidenten in besorgtes Erstaunen. Ferdinands Thränen und Schluchzen nahmen mit jedem Blicke, jedem Worte von Ernsten zu. Er rief:»Ernst, wir sind verloren!«

Präsident. Schweige du! – *(Sanft zu Ernsten.)* Und was ist es denn, das eben jetzt von so vieler Bedeutung für dich ist?

Ernst. O, er hat mein Herz mitten entzwei geschnitten – er hat für meine lichte Seele einen schwarzen Vorhang gezogen. Lassen Sie ihn schnell zurückkehren, daß er mein Herz wieder ergänze, meiner Seele wieder das Licht gebe, das er um sie her erschuf.

Präsident. Du schwärmst und träumst gleich einem faselnden Phantasten.

Ernst. Ja freilich träume ich jetzt; aber so zu träumen, ist fürchterlich – so zu schlafen, ist ängstlich. Lassen Sie Hadem schnell zurückkehren, daß er mich aufwecke! daß ich ja erwache, Oheim, daß ich ja nicht lange so träume! Oheim, er hat die erhabne Göttin gelästert, die mich leitet; und er soll, er muß mir sagen, warum er sie gelästert hat.

Präsident. Welche Göttin?

Ernst. Kennen Sie denn diese Göttin nicht? Sie hörten ja, wie er sie lästerte! – Oheim, er hat auch Sie gelästert, alle Menschen; denn seine letzte Rede ist eine Satire, eine Schmähung auf das ganze Menschengeschlecht. Er sagte: die Tugend habe auf Erden ihr Maß und ihre Regel, vertrage keine Uebertreibung. Sie, die ich mir denke als das ganze Menschengeschlecht in einem Kreise umfassend, der von dem Throne Dessen ausgeht, der es erschaffen hat; sie, die es erhält, allein emporhebt über diese Erde; sie, diese Himmlische, Unendliche mühte beschränkt und vorsichtig ausgeübt werden? – nach Maß? – nach Regeln? – Die Menschen vertrügen sie nicht in ihrer ganzen Kraft? – Und ihr ganzes volles Dasein in meiner Brust – was ist denn das? Und was ist sie, wenn sie allen Menschen nicht so natürlich und willkommen ist, wie mir! Darf sie auf Erden nicht in ihrem vollen Glanze erscheinen, nur stückweise, nur behutsam, wie ein Gast an einer Tafel, den man nicht eingeladen hat? Oder ist das Wesen der Menschen auf Erden so eingerichtet, daß ihre Gegenwart sich nicht damit verträgt? Gründet sich das Wesen und Thun des Menschen nicht auf sie? O gewiß, Oheim, ist das gepan-

zerte Gespenst, von dem Sie gestern so abschreckend für mich sprachen, ihr Feind – Und wenn dieses ist – Oheim – wenn dieses ist –
so sagen Sie mir geschwind: warum ist es so? warum sind die Menschen da? warum bin ich da? – Sie schweigen! – Lassen Sie Hadem
zurückkehren, daß er mich belehre, meinen Zweifel beruhige, meine Göttin versöhne! – Soll ich ihm durch das Fenster, über Berge,
durch Flüsse folgen? – Fort! nach meinen Bergen, meinen Thälern,
meinem Eichenwalde, in meine düstre Höhle! Dort werde ich ihn
und meine Göttin wiederfinden; dort erschien sie mir, dort ist ihr
ungestörter Aufenthalt.

Die Empfindungen, die Gedanken des Jünglings, mit dieser Kraft,
dieser Begeisterung ausgesprochen, verwirrten den Präsidenten
immer mehr, und die Bewunderung des Neuen, Unerwarteten fes-
selte einige Augenblicke seine Zunge. Er faßte sich, so viel er konnte:

»Jetzt erst beweisest du mir recht klar, wie nothwendig die Entfernung dieses Mannes von dir ist. Beruhige dich! Du kannst den
Sinn der einzigen, wahren und klugen Worte, die er gesprochen hat,
jetzt nicht begreifen; wenn du mehr bei dir bist, will ich ihn dir
deutlich machen.«

Ernst. Versuchen Sie es ja nicht! Von ihm muß ich es hören. Er
nur weiß, wo es mir noth thut; er nur weiß, was ich bedarf. Wüßten
Sie es, Sie würden ihn nicht entfernt haben.

Präsident. Du wirst, du kannst ihn nicht wiedersehen. Willst du
ihn dem Zorne des Fürsten aussetzen und ihn unglücklich machen?
Nur in seiner Entfernung liegt seine Rettung.

Ernst. Oheim, Hadem fürchtet keinen Fürsten der Erde, und um
meinetwillen trotzte er der ganzen Welt, so wie ich um seinetwillen
die ganze Welt nicht fürchte. Ich liebe ihn – Oheim, o wenn Sie
wüßten, wie ich ihn liebe! – Für ihn zu sterben, wäre das Wenigste,
was ich für ihn thun könnte. – Er thät' es für mich – und er sollte
mich aus Furcht vor Menschen verlassen? mich, seinen Schüler,
dem er tausendmal sagte, daß er durch mich seinem Leben Werth
zu geben hoffte? Lassen Sie ihn zurückkehren, Oheim! Ich beschwö-
re Sie bei Ihrem Leben! bei meines Vaters Leben! bei meiner Mutter
in jenem Leben! bei der Tugend, die er mir entstellt hat! lassen Sie
ihn zurückkehren! Mein Leben, Alles was ich bin, was ich werden

soll, liegt auf dem Flügel dieses vorübereilenden Augenblicks! – O, nur diese Nacht! Nur eine Stunde! Nur eine Viertelstunde, daß er den Gedanken ausführe, den Sie unterbrachen; daß er mein Herz heile; daß er mich wieder zu Dem schaffe, der ich war!

Präsident. Er selbst verläßt dich; er selbst sagt: nach diesem Streiche könne er nicht mehr in unserm Hause bleiben.

Ernst. Sagt er das? Er verläßt mich? verläßt mich willig? So muß es recht sein, was er thut: so fällt die ganze Schuld auf mich allein. So habe ich ihn vertrieben! durch eine That vertrieben, wobei ich von ihm nichts befürchten zu dürfen glaubte! So muß es sein; denn anders hätte Hadem mich nicht verlassen können. Er handelt auch hier gerecht; denn, sehen Sie, Oheim, an Hadem glaube ich, wie ich an meine Göttin glaube.

Er stand mitten in dem Zimmer, erhob seine Augen gegen die sich neigende Sonne, deren Strahlen durch einen dunkeln, vor dem Fenster stehenden Kastanienbaum gebrochen in das Zimmer fielen. Die Begeisterung schimmerte in seinen Augen; ein Licht, wie es von dem unsterblichen Geiste des Menschen ausgeht, wenn dessen ganze Kraft ihn durchdringt, umglänzte seine Stirne und schoß nun in Blitzen aus seinen Augen. Er rief:

»Nein! nie werde ich dir untreu werden, erhabene Göttin! Dir folge ich, von Hadems Lehren geleitet. So ferne du auch schwebst, so bist du mir doch nahe und sichtbar. Ich stehe unter deinem Schilde, ich gehöre dir an; und sollte mich auch das furchtbare Gespenst meines Oheims mit seiner gepanzerten Faust zerschmettern. Bin ich nicht unsterblich, unvergänglich wie du?«

Sein Blick fiel auf den Blumen- und Aehrenkranz, den jetzt die Abendsonne beleuchtete:

»Schon welkte deine Blüthe in der Sonnenhitze; erst gestern pflückt' ich sie frisch in den Feldern der Glücklichen, als ein Denkmal der stillen Tugend. Und doch bist du es noch, und zerfielest du auch in Asche – du bleibst es doch!«

Er nahm den Kranz von der Wand, und seine Thränen benetzten ihn:

»Alles hat mich verlassen – denn Er hat mich verlassen; und von dem Dasein meiner Göttin habe ich keinen andern Beweis, als dich! So umwinde nun meine Schläfe und lispele meinem Geiste und Herzen die Gedanken und Empfindungen zu, unter denen ich dich pflückte!«

Ferdinand fiel ihm um den Hals.

»Und ist dir Ferdinand nichts? Hat Hadem nicht auch mich verlassen?«

Ernst. Ja, und nun erst bist du eine Waise! Doch du sollst *mich* haben, und auch du sollst diesen Kranz tragen, und wir wollen durch ihn in Eins verbunden sein.

Die Jünglinge umarmten sich, und ihre Seelen, ihre Thränen flossen in einander.

Einen Augenblick legte Ernst Ferdinanden den Kranz auf das Haupt; dann hängte er ihn wieder an die Wand.

Der Präsident sah dem Schauspiele gerührt zu; aber der kalte Geist der Welterfahrung sagte ihm bald: »Die feurige Ergießung des Jünglings ist gut und heilsam; die Ruhe wird um so gewisser und schneller darauf erfolgen.«

Ernst bestärkte ihn in dieser Meinung, da er nun gefaßt zu ihm trat und sagte:

»Mein Vater wird bald kommen und Ihnen die Sorge für Ihren Neffen abnehmen. Bis dahin wird ihn der Geist Hadems führen. Dieses Zimmer verlasse ich nicht bis zur Rückkehr meines Vaters. Ich traue nun der Welt nicht mehr; Ihre Worte und diese Ihre That dienen mir zur Warnung.«

Der Präsident versuchte, ihn zu liebkosen; aber Ernst antwortete:

»Dieses ist die Stunde, in welcher Hadem mit uns die Thaten der Männer der Vorwelt las. Er wird nicht kommen: aber wir werden denken, er sitze bei uns, und alles Das thun, was wir in seiner Gegenwart zu thun pflegten.«

Er legte ein Buch auf Hadems Platz, stellte einen Stuhl für ihn hin, dann zwei andre für sich und Ferdinand und sagte zu diesem:

»Ferdinand, er ist mitten unter uns!«

Zweites Buch

1.

Der Präsident hoffte, durch Vorstellungen des Unschicklichen und durch freundliche Begegnung Ernsten von seinem Vorsatz abzubringen; aber an der Ruhe, der Kälte, womit dieser darauf beharrte, sah er wohl, daß er damit nichts ausrichten würde. Er schmeichelte sich indeß, der beschränkte, einförmige Aufenthalt würde dem jungen Menschen bald lästig werden; doch auch hierin irrte er sich. Ein Tag verfloß nach dem andern, und er sah in dem Gesichte des Jünglings keine Spur des Verlangens oder der Unbehaglichkeit; er bemerkte nicht die sanfte Melancholie, welche Ernst in seinem Busen darüber nährte, daß er durch seinen Brief Hadems Entfernung veranlaßt hatte. Es schien, als hielte er seinen Schmerz für einen geheimen Schatz, der an seinem Werthe verlöre, wenn er ihn einem menschlichen Auge zeigte. Diese Stärke, diese Ruhe wirkten auf den Präsidenten, und in den ersten Tagen bewunderte er sogar dieses Betragen; da aber Ernst ohne weitere Aeußerung immer dabei beharrte, so setzte sich ein bitterer, tiefer Unwille in dem Herzen seines Oheims fest, der nur eine neue, stärkere Veranlassung zu erforschen schien, um in unauslöschlichen Haß überzugehen. Jetzt sah er sich von seinem Neffen einem Fremden nachgesetzt, von einem Knaben verachtet und beleidiget, und um so mehr beleidiget, da er Alles zu dessen Bestem gethan zu haben glaubte und für alle seine Bemühungen nichts als Beweise eines störrischen, undankbaren Gemüths entdeckte, das, durch eine Schimäre verzerrt, keines einzigen natürlichen und vernünftigen Verhältnisses unter Menschen achtete.

Ferdinand sah in den ersten Tagen den Entschluß seines Freundes als etwas Heroisches an, und er gefiel ihm ungemein; aber bald merkte Ernst, daß sein lebhafter Gesellschafter sehnende Blicke nach der Ferne warf, daß er den im Garten Spazierenden verlangend nachsah. Er bat ihn, in Gesellschaft zu gehen und ihn allein zu lassen.

Ferdinand antwortete:

»Ich sollte dich verlassen, ich, der ich Schuld an deinem Kummer und an Hadems Entfernung bin? Ich, der ich dich angefeuert habe, den Brief zu schreiben?« –

Ernst legte seine Hand auf seine Brust:

»Sieh, dieses allein ist Schuld – und war es ein Fehler, so muß ich wohl dafür leiden. Hadem verzeiht mir ihn gewiß. Laß du mich nur immer allein; es scheint ja doch nur so, als sei ich allein.«

Er konnte Ferdinand auf keine Weise bewegen, ihn zu Zeiten zu verlassen. Dieser gestand ihm geradezu, er fände ihre freiwillige Gefangenschaft wohl langweilig; aber er würde es anderwärts, ohne ihn, noch unerträglicher finden. »Es würde mir gehen,« setzte er hinzu, »wie damals, als du krank warst. Lief ich auch einen Augenblick in den Wald, so hörte und sah ich doch nichts anders, als dein schweres Athemholen, dein im Fieber glühendes Gesicht.«

Ernst drückte ihm die Hand und rechnete ihm in seinem Herzen das Opfer um so höher an.

Ernstens Geistesstimmung schildert sich am besten in den Bruchstücken von Briefen an Hadern, die er niederschrieb, während daß Ferdinand schlief, und dann sorgfältig aufbewahrte.

Ernst an Hadem

Ich habe meinen Oheim gebeten, Ihnen schreiben zu dürfen; er antwortete mir: Sie hätten ihm Ihr Wort gegeben, weder einen Brief von mir anzunehmen, noch zu beantworten. Das Vergehen Ihres Schülers muß sehr groß sein, da Sie gar nichts von ihm hören, ihn vielleicht ganz vergessen wollen. Doch vergessen können Sie ihn nicht, lieber Hadem; verlassen mußten Sie ihn und konnten gewiß nicht anders. Sie mußten; und vermuthlich mußten Sie auch Ihr Wort geben, mir nicht zu schreiben: sonst wäre es nicht geschehen, sonst konnten Sie es nicht thun. Und der Grund, der Sie dazu nöthigte, muß eben so gerecht als zwingend sein; denn, lieber Hadem, was sollte aus mir werden, wenn ich dieses nicht glaubte! Ich glaube daran, wie an die Tugend, und darum will ich Ihnen auch gar nicht sagen, wie weh mir Dies alles thut, damit es *Ihnen* nicht wehe thue, damit Sie mich nicht allzu sehr bedauern. Wie schmerzlich müßte es ihnen nicht sein, mich verlassen zu haben, wenn Sie wüßten, in welchem Zustande ich bin! Aber was wollte ich Ihnen doch schreiben? Dieses war es wenigstens nicht. Es geht mir so wunderlich durch den Kopf, – durch das Herz wollt' ich sagen, daß ich gar nicht weiß, wovon ich reden will und soll. Ja, das war es! Warum mußten wir den stillen, ruhigen Aufenthalt meiner glücklichen Kindheit verlassen? warum die hohen Felsen, die sprudelnden Quellen, die blühenden Thäler mit ihren guten, freundlichen Bewohnern, den rauschenden Strom, den dunkeln Eichenwald – die Wiege Ihres Schülers verlassen? Nun dringt mein trauriger, gebeugter Geist immer dahin; wir sitzen unweit des Stroms auf einer Anhöhe – die kühle Abendluft umsäuselt uns – wir sehen die untergehende Sonne auf goldnen Wolken ruhen – ihr Glanz verklärt Ihr Angesicht, und Ihre Gedanken, bei diesem Schauspiele, die alle Keime meines innern Wesens entfalteten, steigen wieder in meinem Herzen auf. Ich fühle dann die Luft, die dort wehte, an meinen Wangen; ich höre das Säuseln der Bäume – die Schalmei unsrer Hirten – den Gesang, das frohe Gelächter unserer Mädchen; und Alles, was ich dachte und fühlte, steigt in meinem Busen lebendig auf. – Und erwache ich aus diesen süßen Träumen, so frage ich ängstlich:»Warum haben wir dieses verlassen? Darum, daß erfolge, was mir widerfahren ist?« Mir antwortet Keiner, lieber Hadem; und ich vermag es ja nicht, da mir Alles dunkel ist.

Ja dort, da kannte ich keinen Kummer, keine Veränderung; da stand der Tempel des Glücks und der Freude auf jeder Stelle: denn das unschuldige Herz bauete ihn überall auf. Wüthete auch zu Zeiten ein Sturm, so geschah es nur, die Gegend um uns her erhabenschauerlicher zu machen; und beleuchtete das Licht sie wieder, so lag sie vor uns in neuer, erfrischter Herrlichkeit. Wir bebten staunend und schaudernd bei den Blitzen, den Schlägen des Donners, bewunderten die Macht der Natur in ihren großen, erschütternden Erscheinungen; und süße Freude durchströmte uns, wenn wir nach der Gefahr die einsame Lilie unverletzt im Thale wiederfanden. Erinnern Sie sich, wie ich Ihnen einmal kindisch sagte, als die dicken Tropfen des nächtlichen Sturmregens von den noch leise schwankenden Pappeln auf unsre Häupter fielen:»Hadem, die

Pappeln weinen vor Freude, daß sie den gewaltigen Sturm über-standen haben und noch grünen, noch leben.« Ich kann dieses nicht von mir sagen; – der Sturm, der mich überlief, dauert fort – und noch lebe ich – es ist der erste, Hadem, und ich bin noch zu jung. Noch hat die Zeit den Stamm, auf dem mein Wipfel ruhen soll, nicht abgehärtet. Die Stütze, deren ich bedarf, sank weg; mein Licht verschwand mir plötzlich und kehrt nicht wieder. Vor meinen Augen liegt nun eine Dämmerung, wie die Dämmerung meiner Höhle, wenn ein plötzlicher düsterrother Fackelschein die dunkelsten Winkel derselben erleuchtet. Kaum entdeckte ich meine Göttin in dieser Dämmerung, und nur dann werde ich sie wieder in ihrer ganzen, reinen Klarheit sehen, wenn ich da sein werde, wo sie mir zum ersten Mal erschienen ist. Und wenn sie mir nicht wieder erschiene! Hadem, wenn auch sie mich verlassen hätte, da Der mich verlassen hat, der mir die Wolke öffnete, die sie mir verbarg!

Ich las einmal in einem Buche von einem frommen Jünglinge: es habe diesem frommen Jünglinge geträumt, ein schöner, glänzender Engel küsse ihn im Schlafe. Dieser Kuß habe auf seinen Lippen einen solchen unauslöschlichen, süßen Eindruck zurückgelassen, daß er ihn sein ganzes Leben hindurch gefühlt, sich nie von einem Sterblichen die Lippen mehr berühren lassen und nie ein unreines oder sündliches Wort gesprochen habe. Hadem; Sie sagten, es sei sonst ein sehr einfältiges Buch; aber diese einzige Stelle enthalte einen so tiefen Sinn, daß er alles andere Thörichte reichlich bezahlte, und Sie möchten diese Stelle lieber geschrieben haben, als das gelehrteste Werk. Ich verstehe jetzt diesen Sinn!

Was habe ich nicht Alles erfahren, seitdem wir den Ort verlassen haben, wo ich an Ihrer Seite wandelte! Wo die schönsten Blüthen des Geistes von Ihren Lippen auf mich herabregneten und Ihre Empfindungen und Gedanken mir immer so erschienen, als wären Sie mir aus einer vergangenen Zeit, aus einem fernen Lande her bekannt, deren Erinnerung Sie bloß erweckten und auffrischten!

Aber was ich sagen wollte, Hadem! Ihre letzten Worte! – Ich muß es Ihnen sagen, und sollte ich Sie auch ängstigen – denn mich überfällt eine unbeschreibliche Angst, wenn ich sie höre – und ich höre sie immer – im Schlafe – im Wachen – ich höre sie im leisen Winde, der durch den Kastanienbaum vor meinem Fenster mich anweht. – Warum unterbrach Sie mein Oheim, mitten in Ihrer Rede? – Sollte die Tugend Das sein, was Sie mir sagten – was soll dann aus mir werden? Zerstückelt, in Theile zerstückelt, die vor meinem Geiste zerrissen schweben – nach Maße gemessen, nach Regeln gezogen – nach Verhältnissen abgewogen, soll ich sie in Rücksicht meiner und der Menschen denken? Das einzige Gute, das einzige Wahre, die Tugend leide keine Uebertreibung? Was heißt hier Uebertreibung? So soll ich Das nie in seiner ganzen Kraft und Stärke ausüben können, was meine Brust ausfüllt, was mir allein der Mittelpunkt von meinem und der Menschen Dasein zu sein scheint? So ist sie zu erhaben für den Menschen, um sie ganz zu besitzen, um sie ganz auszuüben? *Ihre* Worte, Hadem, nicht die meines Oheims, von jenem unglücklichen Abend, auf einen so glücklichen Tag, erzeugen quälende Zweifel in meinem Geiste; und doch scheint es, daß sie genau mit den Ihrigen zusammenhangen. Hadem, wenn es so ist – wenn es ganz so ist, so geben mir die Worte meines Oheims über einen mir so dunkeln, so weit entlegenen Gegenstand mehr Licht, als ich je zu sehen wünsche, als ich je ertragen kann. So sprengte er zwischen mir und der Welt eine Kluft auf, in die ich mich stürzen muß, die ich nicht überspringen kann, weil Sie mir fehlen, nachdem Sie dieselbe so weit aus einander gerissen haben, daß sich meine Haare vor ihrem klaffenden Schlunde sträuben. Verstehen Sie, was ich sagen will? Ich empfinde wohl, daß ich dunkel rede, so dunkel, wie ich fühle, aber dies ist eben mein Unglück, dies ist es, worüber ich klage, was für mich so ängstlich ist – da eben liegt die Qual, daß ich das Dunkel nicht erleuchten, nicht durchdringen kann, in das mein Oheim mich geführt, in das Sie mich tiefer gestoßen und dann verlassen haben. Mich, einen siebzehnjährigen Jüngling! Mich, Ihren Schüler, Hadem! Ich fühle wohl, daß ich den ganzen Kampf bloß meinem Herzen überlassen sollte, daß ich da gewiß Grund finden würde; aber, Hadem, kann ich auch die Gespenster in die Flucht schlagen, in deren Mitte mich mein Oheim gestellt hat, und die nun mit ihren verzerrten Larven meine Einbildungskraft schreckten?

Es ist schrecklich! – Lesen Sie nur, und sagen Sie mir geschwind, was daraus für mich werden soll. Beinahe fange ich an zu begreifen, daß solche Männer wie Sie und der Kammerrath, und wie ich durch Sie einer werden sollte, dem Gespenste meines Oheims zuwider sind, weil es durch sie als Das erscheint, was es wirklich ist, was es nicht sein sollte. Bin ich auf der Spur? auf der rechten Spur? Nun, meine Göttin, so nimm du den verlassenen Jüngling in Schutz! – Hadem, ist jenes Wesen ein Popanz, von Menschen zusammengesetzt, um Kinder und Schwache zu schrecken? Ist es ein falscher Götze, den seine Priester auferzogen, wohl gepflegt und dann in das Dunkel hinter dem Altar gestellt haben, damit keiner von den Anbetern den Betrug entdecke? Sagen Sie mir das! beantworten Sie mir nur dieses schnell! Muß es so sein? Vertragen es die Menschen nicht anders? Warum sagten Sie mir denn: die stillste, geräuschloseste Leitung der Menschen auf Erden sei die beste und weiseste; sie müsse einem Sommerregen gleichen, der die Erde befruchte, ohne daß man ihn höre?

Ich dachte, das Leben und Thun der Menschen unter und gegen einander sei so freundlich, ihre wechselseitige Noth schlinge ein Band um sie Alle, dem sich Keiner entziehen möchte, das Jeder gern fester zusammenzöge, und der Beste und auch der Glücklichste unter ihnen sei Der, welcher am meisten Gutes thun könnte, auch sei er der Beliebteste und Willkommenste. Und ist es nicht so? Darf es Keiner auf seine Weise? Auf die gerade, die rechte Weise?

Auch für den guten Kammerrath ist es mir, wie es scheint, nicht gelungen. Mein Oheim sagt überdies, ich hätte mich lächerlich bei dem Fürsten gemacht. Lächerlich? Desto schlimmer für den Fürsten, wenn man sich mit solchen Erinnerungen bei ihm lächerlich macht! Oder liegt das Lächerliche nur in dem Neuen für ihn; o, so ist es noch schlimmer! Was forderte ich denn von ihm? – Die Geschichte des Kammerraths ist mir nun so klar – übte nicht auch er die Tugend mit seiner ganzen Kraft, ohne alle Rücksicht auf sich, aus? Er ging ja nicht mit dem Maße in der Hand an das Werk; er berechnete ja sein Thun und Wirken nach keinen Regeln, folgte ja nur der Weisung seines guten, menschenfreundlichen Herzens! –

und darum? darum? – Von seiner Geschichte begann Alles, was mir widerfahren ist; aus ihr entsprangen in meinem Kopfe die ersten ängstlichen Gedanken über das Wesen der Menschen – Und was darauf erfolgte, entwickelte und verwirrte sie immer mehr. So liegt denn das Ding, das mein Oheim *System* nennt, wie ein Joch auf dem Nacken Aller? und Jedem, der es trägt, ist seine Furche so scharf abgezeichnet, daß er seinem Herzen und Geiste völlig entsagen muß, um, so lange er es trägt, die einmal gezogene Linie, ohne auszutreten, auf und ab zu ackern? – Hadem, reden Sie doch! Ich fordere in meiner Noth Ihren Geist auf, der um mich ist. Er schweigt, Alles schweigt um mich; ich sehe die Sichel des Mondes am gestirnten, ruhig erhabenen Himmel, höre nichts als das Lispeln des Windes in dem Baume vor mir und das leise Athemholen meines schlafenden, glücklichen Freundes. Er ist es, Hadem; er weiß, er ahnet nicht, was mich quält, und er soll es nie erfahren. Genug, daß Einer leidet. Und weiß ich, ob er es ertrüge, wie ich? ob es nicht noch schlimmere Wirkung auf ihn hätte, als es auf mich hat? – Gute Nacht, Hadem. Ich vernehme Ihre freundliche Antwort nicht mehr wie sonst, kann Ihnen nicht mehr nachsehen, wie Sie sich langsam nach Ihrem Zimmer begeben, sich nochmals umwenden, mir noch zum letzten Male zuwinken. Ach, jetzt scheine ich mir ganz allein auf der Erde lebend, allein wachend. Die von der Nacht umschleierte Erde liegt vor mir, wie ein düster geschmücktes Grab; die flimmernden Steine und der helle Mond sind die Lichter, welche diesen Kirchhof mit ihrem sanften Scheine beleuchten. Ich rufe in der Einsamkeit über dieses Grab, und Keiner antwortet mir, Keiner löset meine Zweifel. Soll ich mir allein trauen? mich befragen? Ist die Zeit, die ich jetzt lebe, eine Prüfungszeit, so früh mir aufgelegt, mein Herz und meinen Verstand zu üben? Dieser Gedanke kommt jenseits dieses Grabes her; er kommt von Ihnen, Hadem. Ich will ihn fassen und mich fest daran halten.

Wir leben recht glücklich, und ich sehne mich nach meinem Vater, den wir in Kurzem erwarten. Was wird er sagen, wenn er Sie nicht findet? Wie wird er seinen Sohn bedauern, der Sie verloren hat! Indeß arbeiten wir so fort, als wenn Sie bei uns gegenwärtig wären. Wir lesen in den Ihnen bekannten Büchern, von den Stellen an, wo wir mit Ihnen stehen geblieben sind. Bei schweren fragen wir Sie um Rath: und wenn Sie dann schweigen, es ist wahr, einige Mal füllten sich meine Augen mit Thränen bei Ihrem Schweigen: aber ich suche sie vor Ferdinand zu verbergen, um ihn nicht zu bekümmern. Denken Sie, der Freundliche opfert sich mir zu Liebe so weit auf, daß ich ihn nicht überreden kann, das Zimmer zu verlassen; und Sie begreifen leicht, was dieses dem Lebhaften kosten muß. Haben Sie einen Freund, Hadem? Möchten Sie doch einen haben! Sie würden weniger leiden, daß Sie mich verlassen mußten; denn ich weiß, ich fühle ja, wie weh es Ihnen thut, daß Sie mich haben verlassen müssen.

Mein Oheim sagte mir, er würde dem Kammerrath Kalkheim eine Stelle geben, die ihm reichlich die verlorne ersetzen sollte. Nun spricht er, der Kammerrath habe sie ausgeschlagen und äußere sich, er ziehe seine jetzige Lage jeder vor, selbst der ehemaligen.»Du siehst also,« setzte er hinzu,»für wen ihr den unbesonnenen Streich gemacht habt; daß man die Menschen erst kennen muß, bevor man etwas zu ihrem Besten unternimmt. Erst hattet ihr bedenken sollen, ob der Thor des Dienstes bedurfte oder werth war. Du siehst also, Neffe, daß sich Hadems letzte Worte besser bewähren, als seine Handlungen, daß die gute Absicht bei einer Handlung nicht genug ist, daß man dich durch Täuschung zu einer schlechten gegen deinen nächsten Blutsverwandten reizte, und daß Der, um dessentwillen sie geschah, dir nicht einmal Dank dafür weiß.«

Seine schrecklichen Worte durchdrangen tief meine Seele. Was sollte ich ihm antworten! Ich wußte es in diesem Augenblick wirklich nicht; denn das Gefühl, daß ich durch diesen Schritt, der selbst Dem, für den er geschah, unnütz scheint, Sie, meine Ruhe, Alles verloren hätte, preßte mein Herz zusammen. Habe ich mich nicht selbst aus dem Paradiese vertrieben, in welchem ich, an Ihrer Seite, in Unschuld, Sicherheit und Unwissenheit einherging? Wenn meine erste gut gemeinte That so ausfällt – solche Folgen für mich hat – mir solche Lehren aufdrängt, mir solche Aussichten in die Zukunft eröffnet – Hadem, was soll ich von der Zukunft hoffen, was von der Welt denken, in welcher ich bald thätig auftreten soll! Wenn ich bei jeder That, die mein Herz für gut und gerecht erkennt, so verfahren soll, so wägend und berechnend, – wird dann auch nur Eine so kräftig und rein aus ihm hervorspringen, wie sie sein muß, um diesen Namen ganz zu verdienen? Wird bei diesem Wägen und Rechnen, bei dieser Rücksicht auf die Verhältnisse um mich her, deren Umriß kein Auge erreicht, mein Blick sich nicht nach und nach auf mich selbst zurückziehen? Und dann? Ja dann, wenn ich einmal angefangen habe, die Tugend zu zerstückeln, um gerade so viel zu thun, daß auch nicht das Mindeste mehr geschehe, als eben die Verhältnisse erlauben – dann, Hadem, ist es mit mir und der Tugend aus. Dann bin ich ein recht guter Handelsmann, der sein Kapital wohl anzulegen versteht; aber kein Mensch, wie Sie einen aus mir bilden wollten. Meinem Geist schwindelt es vor diesem leeren, starrende Kälte aushauchenden, sich immer weiter aufreißenden Abgrund – und ich fürchte, die Gedanken, die ihr in mir erweckt habt, entfernen meine Göttin so weit von mir, daß ich sie nicht mehr werde erreichen können. Um mich ihr auf den Flügeln meines Geistes nachschwingen zu können, muß ich wieder fest glauben, daß sie mit der einen Hand den glänzenden Sitz des Ewigen berührt und mit der andern das Menschengeschlecht. Nach meinem dunkeln Eichenwalde! nach meinem rauschenden Strome! meinen blühenden Thälern! meinen schroffen Klippen, aus denen der einsame Adler zur Sonne emporsteigt! Wenn ich dann seinem kühnen Fluge nachsehe, und die Lerche aus der Saat aufsteigt und über meinem Haupte wirbelt, und diese Stadt, mit Allem, was ich darin erfahren habe, aus meinem Geiste verschwunden ist, und die freundlichen, glücklichen Landleute mich wieder anlächeln, als den künftigen Wohlthäter ihrer Kinder: dann wird die Kluft verschwinden, die vor mir ist; dann erst wird mir der Sinn, der in dem Kusse des frommen Jünglings liegt, recht klar werden. Und sind nicht Sie mein Schutzengel? Küßten Sie mich nicht bei dem plötzlichen Abschiede? Begleiteten Sie nicht Ihren Kuß mit einem Blicke, der meine Seele so durchdrang, wie der Kuß des Engels die Lippen des träumenden Jünglings?

Hadem, dieser Ihr letzter Blick verlöschte in etwas den Eindruck Ihrer Worte. Er sagte mir: »Verharre in der Lehre, die ich dir gegeben!« Und ich setze hinzu: die Tugend muß Das sein, was ich mir dachte; oder das ganze Menschengeschlecht wäre längst zerfallen, es hätte sich längst zerstreuet, es hätte sich in diesem gefährlichen Zustande, in dem es mir zu schweben scheint, ohne sie nicht erhalten können. Sie ist ihm von dem Ewigen zur Erhalterin und Beschützerin gegeben, und sie führt es wieder zu ihm zurück. Sie ist uns, was die feste Ordnung der um uns rollenden Welten ist, die Sie uns so klar und schön beschrieben haben. So wenig als die regellosen Kometen ihren fest bestimmten Lauf nicht stören können, eben so wenig vermögen die Thoren und Bösen gegen die Tugend. Sie bezeugen ihr Dasein, da sie durch allen ihren Wahnsinn, alle ihre Bosheit das Band nicht lösen können, womit sie das Menschengeschlecht an den Thron des Ewigen gebunden hat. Ja, sie beweisen die Macht der Tugend, wie jene Kometen die Allmacht Gottes. Und was würde aus diesen Unglücklichen werden, wenn sie nicht wäre! wenn Alle ihres Glaubens würden! Hadem, sie erhält selbst Die, deren Herz sie nicht erkennt, deren Wahnsinn gegen sie arbeitet. Und ich sollte nicht an sie glauben?

Hadem, der Mann, der um ihretwillen leidet, gleicht dem Märtyrer, dessen vergossenes Blut den Glauben weiter ausbreitete, der selbst seinen Henker der heiligen Sache gewann, für welche er so eben starb.

2.

Einige Zeit nach Hadems Abreise brachte der Buchbinder Ernsten eine Anzahl Bücher. Als Ernst sie in Empfang nahm, fand er vier französische Bände, die er ihm nicht gegeben hatte. Er gab sie dem Buchbinder zurück und sagte ihm: diese Bücher gehören vermuthlich einem Andern zu. Der Mann erklärte ihm: Herr Hadem habe sie ihm Donnerstag Abends gebracht und ihm anbefohlen, sie seinem Zögling Ernst von Falkenburg mit den andern zu übergeben.

Es war der Tag der Abreise Hadems, und Freude floß aus Ernstens Herzen nach seinen Wangen, in seine Augen. Er drückte die Bücher an seine Brust; und als ihm der Mann sagte: Herr Hadem habe auf die Gegenseite des Titels vor dem ersten Bande etwas geschrieben, eröffnete er ihn schnell. Er erkannte Hadems Hand und küßte die Schriftzüge. Dann trat er auf die Seite und las leise:

»Der Jüngling, der keinen Führer hat, wähle diesen. Er wird ihn sicher durch das Labyrinth des Lebens leiten, ihn mit Stärke ausrüsten, den Kampf mit dem Schicksal und den Menschen zu bestehen. Diese Bücher sind unter der Eingebung der lautersten Tugend, der reinsten Wahrheit geschrieben; sie enthalten eine neue Offenbarung der Natur, die ihrem Liebling ihre heiligsten Geheimnisse zu einer Zeit entschleierte, da die Menschen sie bis auf die Ahnung verloren zu haben schienen.«

»Du siehst, Ferdinand,« rief Ernst entzückt, »daß Hadem uns nicht verlassen hat, daß er uns nicht verlassen konnte. In diesem Buche muß sein Geist leben, und er wird zu mir reden, ich werde ihn wieder hören.«

Er schlug den Titel um und las: *Emil.*

Es war das erste Buch unsers Jahrhunderts, das erste Buch der neuern Zeit. Der Mann, der es schrieb, faßte den erhabenen Gedanken, – die durch Ueppigkeit, Selbstigkeit, Witz, überfeinerte Ausbildung, durch eine Philosophie voller Sophismen, eine Alles zerstörende, sich selbst dadurch endlich auflösende Regierung – erwürgte moralische Kraft in seinen Zeitgenossen wieder aufzuwecken. Dieses that er so wahr und kühn, als er es fühlte, und mit der Stärke der Beredsamkeit, deren nur Derjenige fähig ist, in dessen Brust und Geist diese moralische Kraft in ihrer ganzen Fülle wohnt.

So tief, wie er, sah Keiner die Gebrechen der Gesellschaft; so tief, wie er, fühlte Keiner, daß *wahre* Menschen in derselben keine Stelle mehr finden können, auf welcher sie es ohne Gefahr verbleiben dürfen. Sein scharfes Auge, sein forschender Geist, sein zartes, verwundetes Herz entdeckten die Wurzeln des Uebels; und mit kühner Hand riß der Begeisterte die sich im Dunkel windenden Gänge auf, in denen sie vergraben lagen, und verjagte die Gespenster, welche Stolz, Wahn, Eigenliebe und Gewalt zu ihren schreckenden Wächtern bestellt hatten. Offen legte er das Gift dar, welches das Edle und Wahre im Menschen zernagt, und nichts konnte ihn bestechen, nichts ihn zurückhalten. Je mächtiger, je glänzender, je höher Diejenigen dastanden, welche dieses Gift erzeugten und unterhielten, desto schonungsloser, desto kühner griff er sie an. In weissagendem Geiste sagte er den Vergiftern, was ihnen bevorstände, und wie eben das Gift, das sie ausstreuten, am Ende sie selbst verzehren würde. Sie verschlossen ihm ihre Ohren. Er empfing von seinen Zeitgenossen den Lohn, der Jeden erwartet, welcher den Menschen die Wahrheit sagt; aber eben dadurch legten sie bei der Nachwelt ein Zeugniß ab, daß er der einzige Mann seines verderbten Zeitalters war, der ihnen den Spiegel der Wahrheit treu vorhielt und sie vor dem Abgrunde warnte, den sie in ihrem Taumel und Wahn selbst aufgruben.

Nach vielen Leiden und Verfolgungen ist er in das Land zurückgekehrt, in welchem er hier im Geiste wohnte: in das idealische Land, über welches der Witzling spottet, an das der Eigennützige nicht glaubt und dessen Ahnung, dessen Anerkennen unsern Ursprung und unsre Bestimmung allein beweisen. Und trügen uns die schnellen Flügel des Geistes nicht dahin, wenn der Druck der Gewalt, das Hohnlachen der Spötter, das Schauspiel der Thorheit und Bosheit uns drängt, verfolgt und empört – wo sollten wir Zuflucht vor ihnen finden? wie die marternden Zweifel, die bittern Empfindungen, die aufrührerischen Gedanken heilen?

In jenem Lande ist unsre Zuflucht, dieser Mann sprengte die goldnen Pforten unsers Vaterlandes auf, und vor dem Eingange rollte die Finsterniß weg, welche die Menschen davor gezogen hatten.

Ernst verschloß die Bücher sorgfältig und sagte in seinem Herzen: »Da du mir von Hadem geschenkt bist, so wirst du in diesem Hause nicht willkommen sein; du sollst mich ja lehren, woran sie nicht zu glauben scheinen. Ich verschließe dich vor meinem Oheim und Jedem, wie ich ihnen meine Brust verschließe. In der Nacht will ich dich öffnen und den Geist aus dir hervorrufen, der den Mann beseelte, welcher dich der Welt gegeben hat.«

Da Ernst in dem Französischen noch nicht sehr stark war, so enthüllte er mit vieler Mühe die ersten Worte dieses Buches: sie sind gleichsam die Inschrift an diesem Tempel der Natur, den ihr Liebling dem Menschengeschlecht wieder geöffnet hat.

»Alles ist gut, wie es aus den Händen des Urhebers der Dinge kommt; Alles artet unter den Händen des Menschen aus. Er zwingt ein Land, die Erzeugnisse des andern zu nähren, einen Baum, die Früchte des andern zu tragen. Er vermischt und verwirrt die Himmelsstriche, die Elemente, die Jahrszeiten, verstümmelt seinen Hund, sein Pferd, seinen Sklaven; er verkehrt, entstellt Alles; er liebt die Mißgestalten, die Ungeheuer und will nichts, wie die Natur es gemacht hat, selbst den Menschen nicht: man muß ihn für ihn zurichten, wie ein Schulpferd, ihn nach seiner Weise biegen, wie den Baum seines Gartens.« Emil, 1. B.

Kaum hatte Ernst den Sinn dieser Worte gefaßt, als ihm ein lauter Schrei entfuhr, der Ferdinand aus dem Schlafe weckte. Er beruhigte diesen und legte sich dann in das Fenster. Seine Brust dehnte sich aus, seine Augen durchflogen den gestirnten Himmel vom Niedergang zum Aufgang:

»Also ist sie nur des Menschen Werk, diese Verzerrung, diese Ungestalt, dieser Mißklang mit mir! Und du bist, bist ganz, wie ich dich dachte, fühlte und sah! Diese Worte sagen mir es deutlich; ihr Sinn durchbebte meine Seele, und aus dem Zittern entsprang ein Lichtstrahl des Himmels. Die Menschen konnten ihre Bestimmung nur dadurch aus den Augen verlieren, daß sie das schönste, erhabenste Werk der Schöpfung in sich und den Gegenständen um sich her verunstalteten, verstümmelten und zerstörten. Und wie sie dieses bewirkten, wodurch sie so unglücklich wurden, und wie sie glücklich werden können: Das soll mich dieser dein Priester lehren, heilige Natur! Schon stehe ich vor den Geheimnissen: der Vorhang ist aufgezogen, und der Geist meines Hadems steht mir zur Seite.«

Mit eben der Anstrengung und Heftigkeit, mit welcher ein Durstiger in der Wüste Afrika's arbeitet, den feuchten Boden auszusprengen, unter dem er eine Quelle wittert, sein kochendes Blut zu erfrischen, arbeitete Ernst an der Enthüllung der Worte, welche die Gedanken und Empfindungen verschleierten, von denen er die Ruhe seiner Seele erwartete. Er stand vor dem Buche, wie der Unglückliche vor der begeisterten Priesterin zu Delphos, die ihm von ihrem Dreifuß einen Rath ertheilt, dessen Sinn er nicht ganz begreift. Seine beschränkte Kenntniß dieser Sprache reichte nicht hin, den Mann zu fassen, der so viel mit wenigen Worten sagt. Auch wagte er es nicht, eine Zeile zu verlassen, deren Sinn er nicht hell begriffen hatte, aus Furcht, seinen neuen Führer zu mißdeuten. Ueber seiner Anstrengung ging die Sonne auf: er überblickte den erworbenen Gewinn neuer Ideen und Gefühle, verschloß seinen Priester der Natur, wie er ihn nannte, und freuete sich auf die nächtliche Zusammenkunft mit ihm.

3.

Der Präsident gab sich indessen Mühe, für Ernsten einen Hofmeister zu finden, der Das alles zu verbessern und zurecht zu setzen im Stande wäre, was Hadem nach seiner Meinung verdorben hatte. Er fand bald Alles, was er wünschte, in einem Schweizer, Namens Renot. Eine empfangene Beleidigung, welche er an einem jungen Manne aus einer großen und mächtigen Familie in Frankreich zu gewaltsam und auffallend gerächt hatte, brachte ihn in diese Gegenden. Er mußte fliehen, um der Bastille zu entwischen.

Dieser Renot nun besaß in den Augen des Präsidenten alle mögliche Eigenschaften: Ton, Muth, Bekanntschaft mit den Gebräuchen der seinen Welt, Geschmeidigkeit im Umgange und tiefe Achtung für Das, was Stände und Menschen so scharf unterscheidet und trennt. Den Angriff gegen einen Mann von hohem Stande verzieh ihm der Präsident als Offizier und vergaß darum, daß er nur ein Bürgerlicher war. Dieser Renot war seit einiger Zeit bei ihm eingeführt, aß oft an seiner Tafel, und je mehr der Präsident ihn sah und hörte, desto mehr überzeugte er sich, es sei der Mann für seinen Neffen. Er sprach von diesem mit ihm, erwähnte seiner Schimäre und hörte mit innigem Wohlgefallen Renots Aeußerung hierüber. Dieser sagte:

»Der vorige Hofmeister hat höchst wahrscheinlich Ihres Neffen lebhaftes, versprechendes Gefühl der Ehre und der Ruhmbegierde nach einem Gegenstande geleitet, welcher ihm, als einem Manne, der die Welt und die Menschen nur aus Büchern kennt, bekannter war, als jene. Diese Verzerrung, Ew. Excellenz, ist nicht neu; es ist eine alte Krankheit aller derjenigen sogenannten aufgeklärten Leute, die ihre Lage und ihr Stand auf immer von der Rolle ausschließen, welche Leute von Geburt und Macht mit Recht sich ausschließlich zugeeignet haben. Auch ist es natürlich, vielleicht gar verzeihlich, daß ihr gekränkter Stolz, ihre zurückgedrückte Eigenliebe einigen Trost in dem Gedanken findet: sie besäßen etwas, das Denjenigen fehlte, welche so weit über sie erhaben sind. Aber wenn sie dieses Leuten von Geburt, Ansprüchen und Stand beibringen wollen und von diesen zu fordern wagen, daß sie Das, was sie wirklich besitzen, für Schimären austauschen sollen, da muß man ihnen Einhalt thun, und ich sehe, daß Sie es zu rechter Zeit gethan haben.

Sie werden vermuthlich dieselbe Krankheit an einigen neuen Schriftstellern Frankreichs bemerkt haben; die Deutschen, die diesen immer so gerne nachahmen, wollen auch hier nicht zurückbleiben. Diese Schimäre verschwindet aber leider sehr schnell, wenn man einmal selbst auf diesen Schauplatz tritt und die Menschen in ihrem thätigen Wirkungskreise handeln sieht. Gnädiger Herr, hätte ich die Kur eines solchen Jünglings zu übernehmen – wissen Sie, was ich thun würde? – Ich würde eine luftige Schimäre durch eine andere vertreiben, die gewisse Leute nur darum so nennen, weil sie, wie gesagt, der edelste Theil des Volks, vermöge Geburt und Stand, ausschließend in Anspruch genommen hat und sich mit Recht in dem Besitze behauptet.«

Präsident. Und das wäre?

Renot. Wovon ich so eben sprach: die Ehre, der Ruhm, der *point d'honneur*, den das erleuchtetste Volk zu einer Feinheit, einer Zartheit, einer Höhe und Bestimmtheit gebracht hat, daß er bei ihm alle andern Tugenden ersetzt, ja die einzige Tugend der Gesellschaft geworden ist.

Leiten Sie die Einbildungskraft Ihres Neffen auf diese Göttin; zeigen Sie ihm diese Tugend unsers verfeinerten Zeitalters in ihrem ganzen Glänze; beweisen Sie ihm, wie alle andern, einen Mann von Stande zierenden Tugenden aus dieser allein entspringen, durch sie allein geltend werden: und ich stehe Ihnen dafür, er wird der phantastischen Göttin, welche sein grämlicher Hofmeister vor seine Augen gezaubert hat, bald den Abschied geben.

Der Präsident, höchst zufrieden mit den Gesinnungen Renots, erkundigte sich nun sorgfältig nach seinen Umständen und Verhältnissen; seine Kenntnisse glaubte er genug geprüft zu haben. Alles sprach zu Renots Vortheil, bis auf seine Kasse; doch eben auf diesen letzten Umstand bauete der Präsident die Erfüllung seines Wunsches. Er ließ ihm die Erziehung der jungen Leute antragen und ihn versichern, daß er ihm am Ende derselben durch seinen Einfluß eine ehrenvolle Bestimmung verschaffen wollte, die ihn gewiß für dieses Opfer entschädigen würde. Renot nahm, nach vielen Schwierigkeiten, den Antrag endlich an, bewies aber dem Präsidenten sehr weitläufig, welch ein Opfer er seinem einmal gewählten Stande hiedurch brächte.

Nun bereitete der Präsident seinen Neffen darauf vor. Dieser versicherte ihm gelassen: er brauche keinen Führer mehr: Hadem habe ihm einen zurückgelassen, und der Führer, den ihm die Natur gegeben, werde ihm bald in seinem geliebten Vater zurückkehren.

Der Präsident ließ sich hierauf nicht ein: er erzählte: es sei ein Mann von Ehre und Verdienst, ein Offizier, und rühmte unter andern, wie vortrefflich er französisch spreche, wie er den ganzen Reichthum, die ganze Feinheit und Gewandtheit dieser Sprache in seiner Gewalt habe. – »Und du weißt, Neffe,« setzte er hinzu, »wie nöthig uns Leuten von Stande diese Sprache ist.«

Ernst. Ja, Oheim, diese Sprache ist mir nun sehr nothwendig; ich fühle es nur zu sehr, wie wenig ich bisher Fortschritte darin gemacht habe – und darum, – wenn er mir in dieser Sprache Unterricht geben will, soll er mir willkommen sein. Ob ich ihn als Führer brauchen kann – ob ich seiner dazu bedarf, davon sind mir andere Beweise nöthig, als Sie mir von ihm gegeben haben. Ich weiß nur allzu sehr, was es bedeutet, einen Menschen zu erziehen, und was es von beiden Seiten voraussetzt.

Der Präsident glaubte, Ernst wolle wieder in seine alten Grillen verfallen. Er schwieg darüber und dachte: er habe für jetzt genug gewonnen und könne nun das Uebrige dem gewandten Renot überlassen.

Er freute sich noch mehr, als Ernst ihm sagte: »Schicken Sie ihn noch heute; ich möchte noch heute etwas von ihm lernen.«

Der Oheim liebkoste ihn und sagte:

»Ich hoffe, lieber Neffe, er wird dich bald zu uns bringen, und du wirst uns Allen wieder der willkommene Gast sein, den wir so lange vermißt haben.«

»Oheim,« antwortete Ernst, »glauben Sie, ich würde Sie so sehr beleidigen, daß der Fremde von mir erhalten könnte, was ich Ihnen nicht gewähren konnte? gewiß nicht konnte; sonst würde ich es längst gethan haben.«

Präsident. Ich danke dir für die Feinheit der Empfindung. Behalte sie bei, und du wirst bald können, was ich so sehnlich wünsche. Bedenke nur, mit welchem Kummer dein guter Vater das sonderbare Verhältniß bemerken wird, in welchem du in seines Schwagers Hause lebst. Wird er an mir, dem lang Erprobten, zweifeln? Wird er daran zweifeln, daß Alles, was geschah, nur zu deinem Besten geschah? Was konnte mich anders bestimmen, so zu handeln, als dein Bestes? die Liebe zu dir, die Sorge für dich? Glaubst du, daß du die nie gestörte Eintracht zwischen deinem Vater und mir zerrütten könntest? Oder willst du es? willst du Verwandte trennen, die sich brüderlich lieben? in unsern Jahren trennen? – Ernst, ich habe durch dich meine einzige geliebte Schwester verloren – denn du weißt ja wohl, daß sie an den Folgen der Niederkunft mit dir starb –: willst du mir nun auch die Freundschaft des Mannes rauben, mit dem ich durch sie verbunden bin? willst du mich bei ihm anklagen?«

Thränen der Rührung traten in Ernstens Augen:

»Oheim, ich klage nur mich an, Niemand anders; und – warum haben Sie mir dieses nicht längst gesagt, warum nicht längst so mit mir gesprochen? Ich fühle es wohl, ich bin ganz verkannt und werde es wohl immer bleiben; denn ward nicht Er es? – Aber ich kenne ihn, und ich hoffe, auch ich werde mich immer erkennen. – Und, Oheim, noch heute sollen Sie mich an Ihrem Tische sehen, wenn Sie mich annehmen wollen.«

Der Oheim küßte ihn, nannte ihn seinen lieben guten Neffen und sagte: er eile nun, seinen Kindern die Freude schnell mitzutheilen, da sie sich schon so lange nach ihrem Vetter sehnten.

Ernst wendete sich zu Ferdinand: »Ich danke dir für deine Treue, dein Ausharren und werde es nie vergessen.«

Ferdinand lobte seinen Entschluß, freuete sich der Veränderung und konnte, wie er Ernsten geradezu gestand, kaum den Augenblick erwarten, die Treppe hinunter zu fliegen.

Ernst sprach von dem neuen Hofmeister (denn so nannte er ihn, wie er Hadem nie genannt hatte) und sagte bedenklich: »Das Einzige, was ich von ihm fürchte, ist, daß er die Einrichtung unserer Zeit stören wird; und ich kann den Gedanken gar nicht ertragen, ihn an der Stelle sitzen zu sehen, wo Hadem zu sitzen pflegte.«

Ferdinand. Aber du kennst ihn ja noch nicht!

Ernst. Ich kenne ihn, Ferdinand: denn gliche er Hadem nur in etwas – glaubst du wohl, daß er dem Oheim gefallen hätte? Und gliche er ihm auch, so wäre es doch Er nicht – Er! – Doch um Eines willen, und um deßwillen wird es Hadem mir gewiß vergeben! aber auf seiner Stelle soll er nicht sitzen. Wir wollen in dem Nebenzimmer lernen, die Bücher wechseln, und das Französische soll mit ihm unsere Hauptsache sein.

4.

Renot glaubte, in Ernsten einen träumenden Phantasten, oder störrischen, mißmuthigen jungen Menschen zu finden, und ward etwas betroffen, als ihm ein heiterer, schöner Jüngling frei und offen entgegen trat, ihn anständig grüßte und seinen Antrag zu erwarten schien. Er gab sich zu erkennen und sagte:»Es sei zwar bisher nicht sein Geschäft und seine Bestimmung gewesen, sich mit der Erziehung abzugeben, wie sie an seiner Kleidung wohl sehen würden; aber er hätte unmöglich dem Wunsche des Herrn Präsidenten widerstehen können. Es erfreue ihn nun, da er ihn und seinen Freund sehe, daß der Herr Präsident ihn der Ehre würdig gehalten, etwas zu der Bildung so viel versprechender Jünglinge beizutragen. Das Opfer,«setzte er hinzu,»das ich etwa dadurch bringe, kann mir nun selbst nicht anders als zur Ehre gereichen!«

Ernst. Gereicht es nur zu Ihrem Vergnügen und zu unserm Vortheil, so gönnen wir Ihnen Das gerne, was Sie so hoch anschlagen. Aber ich wünschte nicht, daß es ein Opfer wäre; denn ein Opfer kostet so viel, und man wagt so viel dabei, daß Sie mich dauern sollten, wenn es wirklich nur ein Opfer wäre.

Renot empfand den abgewogenen Sinn dieser Worte recht gut und sah etwas verwundert den Rosenmund an, aus dem sie so sanft flössen. Er antwortete:

»Freilich wage ich es nicht, mir zu schmeicheln, den Verlust, welchen Sie in Ihrem vorigen Hofmeister erlitten haben, zu ersetzen.« –

Ernst. O, mein Herr, er war mein Freund. Nennen Sie ihn nicht so – denn eben in diesem Worte liegt ja, was ich vorhin sagen wollte.

Renot. Glauben Sie denn, ich würde dieses Geschäft übernommen haben, wenn ich mir nicht mit der angenehmen Hoffnung schmeichelte, ihn ersetzen zu können?

Eine leichte Röthe flog auf Ernstens Wangen. Sein Herz klopfte – seine Augen konnten den Eindruck der schmerzlichen Erinnerung nicht verbergen. Hadems männliche, feste Gestalt, sein ruhiger, seelenvoller Blick, seine ernste, gedankenvolle Stirne, von sanfter Freundlichkeit gemildert, sein lockiges ungepudertes, braunes Haar, das sich um seinen Nacken ringelte und seine Schläfe beschattete – der volle, schöne Laut seiner Stimme, der nie durch Unwillen, Zorn oder andere Leidenschaften in Mißton überging – Dies alles stellte sich in diesem Augenblicke lebendig vor Ernstens Seele. Er sah ihn, hörte ihn, verglich mit ihm das zuversichtliche, anspruchsvolle Wesen und Betragen des vor ihm Stehenden, seine glatte, wie ein Spiegel glänzende Stirne, die nichts von Dem zu verrathen schien, was sie verbarg – seine süße Lieblichkeit, seine lispelnde Aussprache, sein mit Sorgfalt gekräuseltes und weiß gepudertes Haar, seinen hastig lebhaften Blick, dem er zu gebieten strebte; und er fühlte tief, wie unersetzlich sein erlittner Verlust sei. Sein Geist sagte ihm:»Dieser kennt den Weg zu deinem Tempel nicht!«

Renot beobachtete ihn genau, ohne es sich merken zu lassen. Sein Blick schien auf Ferdinand um so mehr zu verweilen, je mehr er mit Ernsten beschäftiget war. Auch that seine Gegenwart eine bessere Wirkung auf jenen, wozu sein Rock und das Neue, Glänzende, Versprechende und Feine seines Betragens sehr viel beitrugen.

Ernst erwachte aus seinem tiefen Nachsinnen und sagte zu Renot:

»Mein Oheim hat mir Ihre Stärke in der französischen Sprache gerühmt. Ich freue mich sehr darüber, und Sie können auf meinen Dank rechnen – Sie können mich sehr glücklich machen, wenn Sie mich den kürzesten, leichtesten Weg zur Kenntniß dieser Sprache führen. Aber ich muß sie in ihrem ganzen Umfange kennen lernen – Sie müssen mir die ganze Stärke ihrer Ausdrücke, alle ihre Eigenheiten und Wendungen recht deutlich machen. Ich bedarf es, den Werth, die Kraft der Worte so kennen zu lernen, daß ich mich in keinem irre, daß ich ja den Sinn eines jeden recht fasse – keines zu mißdeuten Gefahr laufe. Dieses halte ich für das Allerschlimmste – für das Allerschwerste.«

Renot freute sich über Einstens heiße Begierde, eine so wichtige Sprache in ihrem ganzen Umfange lernen zu wollen; er sagte laut: dies sei ein gutes Zeichen; und nun ließ er sich in ein weitläufiges Gespräch über diesen Gegenstand ein. Er entdeckte sehr bald, daß Ernst die Hauptschwierigkeiten schon besiegt hatte; und um so wichtiger machte er jetzt Das, was ihm noch zu thun übrig bliebe. Er bewies, daß ihm dieses nur ein Mann beibringen könne, der lange in der Hauptstadt von Frankreich gelebt habe. Und nun erfolgte ein großes, glänzendes Lob des französischen Volkes. Vorzüglich rühmte er dessen zartes, feines Gefühl für die Ehre und vergaß nicht, seine eigene Geschichte damit zu verweben. Weitläufig bemerkte er, wie viel er diesem Gefühle aufgeopfert, und wie er die glänzendsten Aussichten nun aufgegeben hätte;»dafür aber,« fuhr er mit gefälligem Lächeln so«,»kann ich mich nun in meinem Unglücke mit dem Gedanken trösten, der Ehre genug gethan zu haben. Mein Name wird in Frankreich, wie bei meinem Regimente, gewiß unvergeßlich sein.« Indem er sich so den Jünglingen bedeutend machen wollte, suchte er ihnen zu gleicher Zeit die glänzende Schimäre in der Ferne zu zeigen, deren Anbetung von nun an der Hauptgegenstand ihrer Erziehung sein sollte. An Ferdinand fand er einen sehr aufmerksamen Zuhörer; denn seiner lebhaften Einbildungskraft stellten sich alle die Scenen, die Renot leicht und flüchtig berührte, und von denen er, als dem Menschen ganz eigen und natürlich, sprach, lebendig dar. Er stand in der Mitte dieses Schauplatzes und bewunderte den Mann, der Dieses alles erfahren und mitgemacht hatte.

Ernst hörte nur, wie vortrefflich er französisch sprach. Bei allen den neuen Vorstellungen, die einander so leicht und schnell folgten, dachte er nur an seinen geheimen Lehrer und sagte still in seinem Herzen:»Ja, der Mensch verdirbt Alles an sich, sogar das Organ, wodurch er seine Gedanken mittheilt!« denn das Lispeln Renots war ihm unerträglich. Er leitete das Gespräch auf andere Kenntnisse. Renot blieb keine Antwort schuldig; er wußte Alles, wußte wirklich Vieles, wußte es leicht und verstand die Kunst vollkommen, schön und geläufig über alles Das zu reden, was er nur berührt hatte. Er hatte in Genf den Wissenschaften geliebkoset! und da der Sinn ihm angeboren zu sein schien, das allgemein Nützliche und überall Angenehme schnell auszufinden, und er die Wirkung auf Andere sehr früh zu berechnen wußte, so hatte er die Ideen des Vertriebs sehr geschwind und leicht erworben. In der französischen Literatur war er sehr stark und sprach von ihren Schriftstellern mit Begeisterung. Ernst horchte auf und erwartete jeden Augenblick, daß Renot seinen Lehrer unter den berühmtesten Männern Frankreichs nennen würde, und besonders, weil dieser ein Genfer war, wie ihm der Titel seines Werkes gesagt hatte. Da aber dieses nicht geschah, so hielt er die sich immer vordrängende Frage über den einzigen Mann zurück, von dem er so gern etwas erfahren hätte. Er fühlte wohl, Hadem würde ihm Rousseau nicht gesandt haben, seine Stelle zu vertreten, wenn er der Liebling dieses Mannes wäre; und ihn selbst zu nennen, hieße den Schleier zerreißen, der sein schönes Geheimniß bedeckte, vielleicht gar seine Wirkung stören. Er bat nun Renot um eine Stunde und führte ihn in ein Seitenzimmer.

Renot verließ die Jünglinge, sprach gegen den Präsidenten hoffnungsvoll von ihren Fähigkeiten, leicht von ihren bisherigen Fortschritten und rühmte sich sehr bescheiden: er denke, alles Uebrige bald in das gehörige und natürliche Geleise zu bringen.

Ferdinand ergoß sich in große Lobsprüche über Renot. Ernst sagte gelassen:»Da du nun einmal Soldat werden willst, so kann er dir vielleicht nützlich sein. Ich aber bleibe bei Dem, den du vergessen zu haben scheinst.«

Ferdinand fühlte das Gerechte des Vorwurfs; und da ihm plötzliche Wirkung so natürlich war, so traten ihm Thränen in die Augen. Er ergriff Ernstens Hand und sagte:

»Kannst du mich so mißverstehen?«

Ernst. Vergib mir; aber der Gedanke, du könntest ihn vergessen, machte mich um deinetwillen besorgt. Und die Möglichkeit, du könntest *ihn* vergessen, zeigt mir ja auch die Möglichkeit, daß du *mich* einst vergessen könntest. Denn mein Dasein ist mit dem seinigen Eins, und du weißt, was es mit dem seinigen verbindet. Es soll mir lieb sein, wenn du von Diesem lernest, was Hadem dich nicht lehren konnte. Aber bewahre wohl, was Hadem dich gelehrt hat; denn schwerlich wird es Dieser ihm hierin gleichthun.

Die Jünglinge erschienen bei dem Abendessen. Der Präsident hatte jedem seiner Hausgenossen anbefohlen, weder durch Worte noch Mienen das Vergangene merklich zu machen. Ernst trat ein, als wäre nichts vorgefallen, und nur eine flüchtige Röthe überzog seine Wangen, nur ein leises Zittern zeigte sich an seiner Oberlippe, als Renot sich zwischen ihm und Ferdinand niedersetzte. Der darauf folgende Gedanke: dieser Mann denke ihn nun unter seinem Schütze und seiner Leitung, war ihm so empörend, daß es ihm den schwersten Kampf kostete, Das nicht zu zeigen, was jetzt in ihm vorging.

5.

Trotz der gleichen Ruhe und Kraft, die Renot täglich mehr in Ernsten bemerkte, zweifelte er doch nicht einen Augenblick daran, es würde und müßte ihm gelingen, den jungen Phantasten zu einem vernünftigen Menschen zu machen. So viel sah er nun wohl ein, daß es leise geschehen müsse, daß er das Vorhaben nicht merken lassen dürfe, daß er durch einen raschen Schritt Alles verderben könne, mit Einem Worte, daß man hier das aufgedunsene Herz durch Verstand, Spott und Witz erleichtern müsse. Er bewunderte zwar Ernstens schnelle Fortschritte in dem Französischen, schrieb sich aber ganz natürlich bei dem Oheim das Verdienst davon allein zu. Gleichwohl konnten ihn seine Eigenliebe und seine Eitelkeit nicht so weit verblenden, daß er nicht hätte einsehen sollen: Ernst sei ein Wesen von so eigner sonderbarer Art, wie ihm noch keines vorgekommen sei. Lächeln konnte er zwar über ihn, aber die Achtung für ihn drang sich ihm wider seinen Willen auf; und dieses lästigen Gefühls wollte er für immer los werden.

Indeß kam der Vater aus dem Bade zurück. Der Präsident hatte ihm den Vorfall, die Entfernung Hadems und die Anstellung Renots geschrieben. Mit welchen Farben, läßt sich leicht vermuthen; und wie nachtheilig er die Wirkung des Briefes auf den Fürsten vorstellen mochte, beweisen seine obigen Aeußerungen. Doch schonte er Ernsten und versicherte seinem Schwager: er würde bei dem Fürsten Alles wieder gut machen. Nur sei es nöthig, daß er Ernsten bei seiner Rückkehr so bald als möglich wieder auf das Land bringe und sich selbst jetzt dem Fürsten nicht zeige, um ihn nicht an die unangenehme Sache zu erinnern.

So sehr Herr von Falkenburg Hadem auch liebte, so nahm er es ihm doch sehr übel, daß er seinen Sohn zu einem solchen unüberlegten Schritte, den man so häßlich auslegen konnte und mußte, verleitet hätte. Er sah es, nach der Vorstellung des Präsidenten, als eine schlechte That gegen diesen an, als eine gesetzwidrige, aufrührerische Handlung gegen die Ordnung des Landes, als einen Eingriff in die Rechte des Fürsten, für den er die tiefste Achtung fühlte, als einen Vorwurf, den ein Jüngling seiner Gerechtigkeit gemacht habe. So sehr er nun auch den Verlust Hadems im Uebrigen bedauerte, so hielt er doch jetzt seine Entfernung für nothwendig und nützlich. Das Einzige, was ihn beunruhigte, war der Gedanke an das Leiden seines Sohnes, dessen Anhänglichkeit und unbegrenztes Zutrauen an und auf Hadem ihm so wohl bekannt waren.

Ernst flog in seine Arme, drückte sich so fest an seine Brust und umschlang ihn so innig, wie der Unglückliche den Erretter, der ihn eben der Gefahr des Todes entrissen.

Der tief gerührte Vater blickte ihn an und sah nur Zärtlichkeit, nur Liebe, Vertrauen und Freude. Der Sohn blühte wie sonst, seine Augen strahlten das vorige Feuer, seine Seele sprach durch alle seine Blicke und Bewegungen wie ehemals; und nur als er wieder zu Athem kam und zu reden anfing, zeigte sich dem Vater einige Veränderung. Es war das durch das Geschehene fester, bestimmter gewordene Wesen in seiner Haltung, seinem Tone, seinen Blicken, und er schien dadurch seinem Vater, in der kurzen Zeit, um einige Jahre dem männlichen Alter näher gerückt zu sein. Der Vater bemerkte dieses laut, und Ernst antwortete:»Ich hatte dessen wohl nöthig, geliebter Vater; und was wäre aus Ihrem Sohne geworden, wenn er auch dieses nicht errungen – wenn es Der, welcher ihn verlassen hat, nicht so früh in ihm erweckt hätte. Ich habe meinen Schutz verloren: meinen mich leitenden und bewachenden Engel selbst von meiner Seite entfernt, durch eine That entfernt, bei welcher ich auch auf Ihren Beifall rechnete. Ich bin gestraft genug dafür.« –

Vater. Ich weiß Alles, Ernst. Aber Er that es ja; Er reizte dich ja, den Brief zu schreiben; warum klagst du denn dich an?

Ernst. Er? Mein Vater, er that es nicht: er wußte nichts davon. Sie glauben Ihrem Sohne auf sein Wort, und nie betheuerte er Ihnen, was er sagte. Sollt' ich es setzt bei einer für mich so wichtigen, ich möchte sagen, heiligen Sache thun, so würde ich mich als tief gefallen ansehen. Und dieses wollen Sie gewiß nicht. Ich will gerne von dem Geschehenen schweigen: die Notwendigkeit gebietet hier. Aber machen Sie, mein Vater, daß wir schnell hier weg kommen – ich muß diese Stadt verlassen, wo mein Unglück entstanden ist, wo ich Dinge erfahren habe, denen ich kaum gewachsen war, die ich so schwer ordnen konnte. Seien Sie nun mein Führer, mein Freund!

Der Vater fragte, wie er mit seinem jetzigen Hofmeister zufrieden sei; und Ernst antwortete:

»Er spricht das Französische vortrefflich: und da ich das brauche, so bin ich zufrieden mit ihm. Reisen wir heute? Führen Sie mich heute nach unsern blühenden Thälern zurück?«

Vater. Morgen! morgen mit dem Aufgang der Sonne!

Der ganze heitere Frühling der Jugend umschimmerte Ernstens Angesicht:

»Und sagen Sie mir nun, geliebter Vater – nur noch Das, was ich Keinen hier fragen konnte, nicht zu fragen wagte: – was ist aus Hadem geworden? Wo ist er nun? werde ich ihn nicht wiedersehen? ihm nicht schreiben dürfen? keine Antwort von ihm erhalten können?«

Vater. So bald wirst du ihn wohl nicht wiedersehen, und zum Briefwechsel ist die Entfernung viel zu weit. Er schrieb mir in einigen Zeilen den Abschied von dir und meldete mir zugleich, er würde mit einem Regiment an England verkaufter Deutscher nach Amerika gehen; und aus den Zeitungen erfahre ich, daß sein Regiment sich schon einschiffet.

Ernst. Also nach einem andern Theile der Welt vertrieb ich ihn – und ich bin nun so geschieden von ihm, daß ich die weite Entfernung nicht mehr messen kann! Aber, mein Vater, er ist hier, ist mir nahe; er wird, er kann sich nie von mir trennen.

Vater. Dieses wünsche ich, in dem Sinne, wie du es verstehst. Er war ein edler Mann, und ich bedaure seinen Verlust –

Ernst. O, das war er, mein Vater, das ist er noch; und sein Lob aus Ihrem Munde verklärt sein Denkmal in meinem Herzen. O, er ist ein edler Mann!

Als sein Vater ihn verließ, suchte er Ferdinanden auf und rief ihm entgegen: »Höre die Worte meines Vaters! Er sagte: Hadem war ein edler Mann! – Und morgen fliehen wir diese Stadt, wo man ihn verkannte; morgen Abend, Ferdinand, stehen wir wieder in dem Garten der Unschuld.«

Ferdinanden war diese Nachricht nickt so willkommen. Seine durch die Eitelkeit und die Mannigfaltigkeit der Gegenstände gereizte Einbildungskraft blickte mit Ekel auf den ihm nun todt scheinenden ländlichen Aufenthalt, zu dem er so plötzlich zurückkehren sollte. Ernst sah ihn an und sann seinem ihm unbegreiflichen kalten Betragen, bei einer so fröhlichen Neuigkeit, nach.

Ernstens Vater bezeugte dem Präsidenten seine Verwunderung darüber, daß er ihm so gerade geschrieben: Hadem habe den unüberlegten Schritt veranlaßt, da ihm doch sein Ernst, der nie eine Unwahrheit gesagt, versicherte, Hadem sei der ganze Vorfall unbekannt gewesen.

»Bruder,« antwortete der Präsident, »unbekannt oder nicht: er hat es veranlaßt, deinen Sohn dazu gereizt; und eins ist so sträflich wie das andere, und gleich nachtheilig für deinen Sohn. Wenn dein Ernst ihn zu entschuldigen sucht, so entspringt dieses aus seinem guten Herzen, aus der närrischen Liebe zu diesem Menschen, gegen den ich, bis auf diesen Punkt, selbst nichts habe. Willst du übrigens aus deinem Sohne einen Phantasten oder ein störrisches Ungeheuer erziehen lassen, das gegen seine nächsten Verwandten schon so früh zum Ankläger wird, so ist dieses gerade der Mann dazu, ihn zu einem oder dem andern zu machen. Dein Sohn war schon ganz auf dem Wege, ein träumender Philosoph zu werden, dem alle bürgerlichen Verhältnisse mißfallen, der mit Lufterscheinungen buhlt, während er jene mit Füßen tritt. Ich erwartete deinen Dank für das Geschehene und dachte wenigstens, du würdest meiner Weltkenntnis so viel zutrauen, daß ich wüßte, was sich für einen Edelmann von deinem Namen und Ansehen schickt. Schriebe ich die That deinem Sohne allein zu, so würdest du ihn wahrlich nicht in meinem Hause gefunden haben. Dafür danke mir wenigstens, daß ich ihn durch die Wendung, die ich der Sache gab, von dem allgemeinen Hasse der Stadt und des Hofes errettet habe.«

»Dafür danke ich dir,« antwortete Herr von Falkenburg; »und du hast als Bruder gehandelt. Hadems Absicht kann recht gut gewesen sein: aber der Schritt war immer unüberlegt. Nach seinem Schreiben scheint er es gewissermaßen selbst auf sich zu nehmen, da er des Vorfalls gar nicht erwähnt. Indessen der Fürst hätte es auch nickt so ernsthaft aufnehmen müssen! wenigstens verdient' ich's nicht um ihn. Und darum will ich deinem Rathe folgen und ihn gar nicht sehen. Es möchte leicht sein, daß ich ihm meine Empfindlichkeit darüber zu lebhaft zeigte. – Es ist mir leid um das Geschehene, und ich wollte gerne meine alte Wunde wieder aufbrechen sehen, wenn es nicht vorgefallen, wenn Hadem noch da wäre. Du hättest immer nicht zu rasch verfahren, wenigstens meine Ankunft abwarten sollen – denn du magst von ihm sagen, was du willst, er wollte nur das Gute, vielleicht ein wenig auf seine Weise; aber er wollte es. Und wenn dein Schweizer da meinen Ernst nur nicht gar zu weit von dem Wege abführt, auf den Hadem ihn leitete – mein Ernst hat freilich Dinge im Kopfe, die sonderbarer Art sind; aber sie sind so guter Art, daß ich es nicht gerne sähe, wenn er sie so ganz verlöre.«

6.

Ernstens Einbildungskraft schwebte mit leichten, rosenfarbenen Schwingen. Mit Ungeduld erwartete er den Untergang der Sonne; bei ihrem Aufgang stand er schon am Fenster, und als sie nun im Osten in ihrer ganzen Herrlichkeit auferstand, und der Teppich der Nacht ganz verschwunden war, und ihr goldnes Licht sich über die neue Schöpfung ergoß und sie schmückte, sah Ernst die Erfüllung aller seiner Hoffnungen, aller seiner Wünsche in diesem erhabenen Bilde am Horizont aufgehen.

»Du gehst mir auf,« rief er, »glänzendes Licht; und wenn du dort wieder hinter die Wolken trittst, so stehe ich schon in der Mitte meines wiedergefundenen Paradieses, und dann zieht die Nacht ihren Schleier zwischen mich und das, was ich hier erfahren habe. Dann stehe ich wieder in dem Tempel der Natur; ihr Priester wandelt mir zur Seite, und ich höre das Zulispeln seines Geistes – dort! dort werden mir seine Worte erst recht ganz lebendig werden!«

Und als sie nun ankamen und die Freude der Hausgenossen und aller Landleute sie empfing, als Jeder herbeidrang, um die lange Vermißten zu sehen, und jedes Freude sich in Blicken und Gebärden zeigte: da fühlte sich Ernst, wie er gewesen war. Und als er den schmerzlichen Augenblick überstanden hatte, in welchem Renot in Hadems Zimmer treten und da sich einrichten sah, eilte er mit Ferdinand nach seinem Walde, den Felsen, dem Flusse, den Thälern und jauchzte in seinem Herzen, Alles so zu finden, wie er es verlassen hatte. Er trug ein weißes, seines Tuch in seiner Hand, in welches etwas eingeschlagen war; er verheimlichte selbst Ferdinanden, was es enthielte. Als er aber in die Höhle trat und die Blende erreichte, sagte er zu diesem:

»Ferdinand, alle diese Riesensäulen, welche den Berg tragen, hast du deinen, in der Geschichte berühmten Helden zu Denkmälern aufgestellt; ich lasse sie dir und fordere keine. Aber auch ich will ein Denkmal aufstellen, ein Denkmal meines Glaubens an die Tugend – an die Tugend, Ferdinand, die nicht erwägt, nicht berechnet, ein Denkmal der ungeteilten, die ganze Welt umfassenden und erhaltenden Tugend. Den Kranz, welchen ich in diesem Glauben, in den blühenden Feldern des edlen Mannes pflückte, will ich dieser einsamen, schauerlich erhabenen Höhle anvertrauen und dem Auge der Menschen ganz verbergen. In dem dunkelsten, unbemerktesten Winkel soll er hangen, so lange als ich an die Tugend glaube. Ferdinand, es ist ein Bundeszeichen zwischen ihr und mir. Noch einmal, zum letzten Mal, umwinde ich meine Schläfe damit – dann die deinen. – Erinnere dich jetzt, was wir fühlten, als wir an dem Tage, da Hadem abreiste, vor meinem Oheim standen und uns so bekränzt umarmten. Verehre mein Denkmal!«

Ferdinand. Wie, Ernst? ein Kranz verwelkter Blumen, dürrer Aehren, den die Feuchtigkeit des Orts in Kurzem ganz vernichten wird – ist dieses ein Denkmal der ewigen Tugend?

Ernst. Mein Glaube macht ihn dazu, zu einer Pyramide, die den Menschen und der Zeit trotzt. Ich werde Staub vor ihm sein, und mein Geist wird noch aus jenen Welten herabsteigen und den seinen sammeln; denn wenn ich denken, wenn ich fürchten konnte, daß je ihn meine Hand wegrisse, so wäre es besser für mich, ich hätte nie das Licht der Welt erblickt, wäre nie aus jenem Lande in das Land der Prüfung herabgestiegen. An dem Tage, Ferdinand, an welchem ich ihn wieder berührte, gehörte ich den Todten zu!

Ferdinand. Du wirst immer bleiben, wie du bist, so gut und edel. Abel warum wählst du diesen Winkel? Sieh, ich trete dir gerne die größte Säule in meinem Tempel des Ruhms ab. Sprich ein Wort, und ich stoße Cäsarn herunter – hänge den Kranz an das Felsenhaupt seiner Gedächtnißsäule – sie scheint ewig und fest wie die Tugend, scheint selbst der Erderschütterung zu trotzen.

Ernst. Ich danke dir, Ferdinand – ich wähle diesen Winkel. Die Tugend ist sehr bescheiden, und ich fürchte beinahe, man verstattet ihr in der Welt keine ansehnlichere Stelle. Wenigstens glaube ich nicht, daß man sie in der Höhe suchen muß. Und da dieses nur ein Denkmal zwischen mir und ihr ist, so soll es so sein. Wenn ich daran vorüber gehe, oder davor sitze, so werden sich meine Ansprüche darnach bilden, und die Lehren, die es mir dann zuflüstern wird, die Gedanken, die mir von ihm kommen, werden von der Art sein, wie ich ihrer bedarf: groß im Innern, stark in sich selbst, still, ruhig, bescheiden im Aeußern. Ferdinand, der Ruhm bedarf prächtiger Denkmäler; denn nur zu oft soll die Pracht uns die Wahrheit verhüllen. Dieses hier ist ein stiller Bund des Herzens.

Als er nun ein zugespitztes Holz zwischen die Spalte des Felsens in der Blende getrieben, und den Kranz daran gehängt hatte, sagte er feierlich zu Ferdinand:

»Verehre meinen Bund! berühre nie diesen Kranz! Nie möge ich ihn berühren! Mein Geist sehe seinen Staub, sammle ihn und trage ihn in unser Vaterland.

7.

Während nun Ernst aller der Wonne in seinem Herzen genoß, die ihm die blühende und wohlthätige Natur so reichlich darbot; während er auf seinen einsamen Wanderungen auf die Stimme seines geheimen Führers horchte, und dessen Geist, in der reinen Luft, mitten im Schooße der Natur, ihm immer näher trat, immer vertrauter und deutlicher ward, und sein Blick in das Wesen und Leben der Menschen immer tiefer eindrang, sich immer weiter ausdehnte, und er nun näher sah, was für Schätze der Mensch verloren, und wodurch er sie verloren hat; während er von seinem geheimen Lehrer lernte: wie der Mensch, der auf den deutlichen Ruf der Natur, die reine Stimme des Herzens horche und allen ihr widersprechenden, sie zerstörenden Reizungen des Wahns, der Eitelkeit, der Gewalt und Herrschsucht entsage, sich allein, trotz allen wilden, empörenden, von diesen angebeteten Götzen erzeugten Aeußerungen, getreu verbleiben könne: sann Renot, ein Sklav dieser Götzen, auf Mittel, ihm dieses wiedergefundene Paradies der Unschuld, der Ruhe und des Glücks zu rauben. Und nicht allein, sie ihm zu rauben, sie ihm lächerlich zu machen und alle die Begierden, Leidenschaften und Thorheiten in ihm zu entflammen, die ihm sein Führer als die Verwüster und Zerstörer dieses Paradieses so treffend und schrecklich geschildert hatte.

Zu diesem Zwecke sollte ihm das Werk: *Helvetius von dem Geiste* dienen. Dieses hielt er für den besten Wegweiser für einen Mann, der sein Glück, ungestört von allen ängstlichen Träumen, nicht allein machen, sondern auch genießen will.

Dieses Buch ist durch vielerlei Beziehungen merkwürdig. Der Verfasser stellt uns in demselben ein treues, aufrichtiges Gemälde der Denkungsart seines Zeitalters, seines ganz in Sinnlichkeit versunkenen Volkes dar und so systematisch geordnet, daß, wenn die Zeit es allein dem Vergessen entrisse, es den späten Nachkommen zu einem sichern Leitfaden dienen könnte, die Ursachen der bald darauf erfolgten schrecklichen Ereignisse aufzufinden. Ohne alle Scheu und Rücksicht entschleiert uns dieser Mann in dem dogmatischen Tone der Ueberzeugung alle Triebe seiner Zeitgenossen, des Eigennutzes, der Selbstigkeit, Sinnlichkeit und aller ihrer zahllosen Gefährten, als wären nur sie die einzigen nothwendigen Gesetze der menschlichen Natur. Kühn zerreißt er das Band, welches uns an eine höhere Welt bindet, und beweist uns, daß wir nur, ausgerüstet mit diesen Trieben und Begierden, in das Leben gestoßen werden und nur durch sie unsre Bestimmung erfüllen; daß alles Andere Täuschung und erkünstelter Zusatz des Stolzes und einer aufgedunsenen Einbildungskraft sei, das zu weiter nichts diene, als uns zu blenden oder Dornen auf einen Weg zu streuen, den wir so leicht und froh hinwandeln könnten. Sein Wert zeigt uns von Anfang bis zu Ende, durch das ganze glänzende, witzige, metaphysisch und moralisch sein sollende Gewinde durch, daß er und seine aufgeklärten Zeitgenossen, sammt allen Machthabern jedes Standes nicht allein an die Tugend nicht mehr glaubten, sondern so weit gekommen waren, daß sie es gerne hörten, wenn man ihren Unglauben durch sogenannte philosophische Beweise systematisch erhärtete. Und so legte er in diesem seinem Werke der Nachkommenschaft das Bekenntniß ab, daß nicht allein bei ihm und dem Volke, für welches er schrieb, alle wahre moralische Kraft aufgetrocknet sei, sondern daß es derselben entbehren konnte und wollte.

Und dieses System der Sinnlichkeit, dessen Lehre sich an seinen Bewunderern und Befolgern so schrecklich gerächt hat, sollte dem Schüler Hadems und des Priesters der Natur, dem Jünglinge, in dessen Busen Beide nur leise zu rufen brauchten, um ihren eignen Geist sich antworten zu hören – diesem sollte es, wie ein langsames Gift, als die einzige, durch Erfahrung bewahrte Weisheit eingeflößt werden!

Das Einzige, was sich zu Renots Entschuldigung sagen läßt, damit er nicht wie *Leviathan* im *Faust* oder *Giafar* dastehe, ist, daß er es wirklich nicht für Gift hielt, daß er es früh auf dem Schauplatze eingesogen hatte, wo es aus der moralischen Fäulniß emporschoß; daß er wirklich dachte, seinen Zöglingen zu nützen, und um so mehr, da es sie dem Ziele näher bringen sollte, nach welchem allein ein Mann von Stand, Geburt und dadurch großen Ansprüchen zu streben hat. Auch kannte er in sich selbst keine andern Triebe, hatte nie nach andern gehandelt: wie konnte er nun an Götzen zweifeln, die er selbst anbetete?

Lange drehten sich seine Gespräche um den Lauf der Welt, um Das, was sie in Bewegung setzt und in Bewegung erhält. Er zeigte von fern an, wie aus diesen Trieben allein alles Große, Glänzende und Nützliche, welches die Menschen gethan hätten und thäten, entspränge; wie diese Triebe sie zusammenhielten und wie sie eigentlich allein das Band der wechselseitigen Verhältnisse ausmachten. Gleich einem vom Aberglauben entflammten Priester, stellte er einen seiner Götzen nach dem andern auf, schmückte jeden aufs Herrlichste, rühmte jedes ihm eigne Wunder und zeigte begeistert auf das glänzende Glück, welches er seinen Anbetern gewährt. Und nun lieh er zu Zeiten seinem Witze freien, ungebundnen Lauf und malte bis zur Verzerrung die Göttin, welche Ernst im Stillen verehrte. Die Geschichte und seine Erfahrung lieferten ihm freilich hierzu traurige Beweise, und er wußte sie zu nutzen; aber er ahnete nicht, daß Ernst von seinem geheimen Lehrer auf alles Dieses vorbereitet war; er wußte nicht, daß ihn dieser fest überzeugt hatte, die Stärke der Seele sei der Grundstein aller Tugend, und diese könne sich nur durch Proben erweisen.

Da Ernst immer ruhig und still zuhörte, so glaubte endlich Renot wirklich, der Zeitpunkt sei gekommen, worin er die nähere und gänzliche Entwicklung seines Systems würde vornehmen können. Nun flocht er es in alle Unterredungen ein, und jeder laute Gedanke, jede ausgesprochene Empfindung mußte ihm dazu Gelegenheit geben. Dabei vermied er die Miene des Lehrers so viel als möglich; Alles sollte nur Erwerb der Erfahrung großer, berühmter und weiser Männer scheinen, damit es an Kraft und Glanz gewönne.

Von mir erwarte Niemand, daß ich ihm dieses System des Eigennutzes und der Sinnlichkeit hier nach Renot vortrage und es mit ihm durch das ganze Schlangengewinde von Sophismen, Witz und Vernünftelei verfolge. Möchte mein Vaterland es nie ausüben lernen, nie so tief sinken, daß es unter uns die Triebe der Handlungen bestimme! – Meine Zeit ist zu kostbar, und mich drängt das Schicksal des edlen Mannes, der meine Seele so innig beschäftigt, zu gewaltig vorwärts. Sollte ich nun über diesen Schlamm der Menschheit mit gesenkten Flügeln hinschweben, in Gefahr, sie zu beflecken?

Ernst hatte während dieser Zeit lebhaft gefühlt, daß die ganze Lehre Renots die natürliche Folge der Zweifel sein müßte, welche ihn so lange gequält hatten; daß eine Moral, die das bloß Nützliche zum Grund unserer Handlungen aufstellte, uns bald dahin bringen mühte, bei allen unsern Handlungen bloß auf das uns Nützliche zu sehen, und daß demnach alle Moral nur Spiegelfechterei der Schule wäre.

Ernst ließ Renot ruhig seine ganze Denkungsart, mit allem dem Wohlgefallen, das er dabei zu empfinden schien, und das er täglich mehr zeigte, aufstellen. Dieser legte ihm sein stilles, ernsthaftes Nachdenken dabei so aus, als werde er nach und nach von der Stärke seiner Gründe überzeugt: aber ehe er es sich versah, erweckte ihn Ernst, auf eine Art, die er gewiß nicht erwartete, aus seinem Irrthum. Und der Jüngling, welcher ihm so lange ohne den mindesten Widerspruch zugehört hatte, bewies ihm plötzlich, daß er die ganze Zeit zu nichts Anderm angewandt, als dem sich gefallenden Redner bis in den verborgensten Winkel des Herzens zu blicken, und daß er wirklich den Punkt seiner Schwäche richtig gefunden hätte.

Eines Morgens trat Ernst, nachdem er Ferdinanden entfernt, in Renots Zimmer und stellte sich so männlich gefaßt vor ihn, wie ihn dieser bisher noch nicht gesehen hatte. Er sprach mit einem festen, immer gleich gehaltnen Tone:

»Herr Renot, hören Sie mich nun einige Augenblicke mit eben der Aufmerksamkeit an, die ich Ihnen so lange, ohne Sie ein einziges Mal zu unterbrechen, geliehen habe. Es ist wirklich hohe Zeit, daß wir uns gegen einander erklären, damit Jeder von uns wisse, wie er den Andern anzusehen und zu behandeln habe. Das, was ich Ihnen jetzt sagen werde, muß auf immer zwischen uns entscheiden; es muß für immer über unser Verhältniß, zu meiner Ruhe, und, wenn Sie wollen, zu Ihrem Vortheil bestimmen.

»Die Eltern bezahlen eigentlich die Hofmeister ihrer Kinder dafür, daß sie denselben gute Lehren geben; ich, Herr Renot, will etwas Ungewöhnlicheres thun: ich will Sie dafür bezahlen, daß Sie mir und meinem Freunde keine schlechten Lehren geben; daß Sie uns der Tugend, welcher Sie uns entweder nicht *zu*führen können oder wollen, wenigstens nicht zu *ent*führen suchen. Meinem Versprechen können Sie gewiß glauben; denn Sie sehen ja wohl, daß es Ihnen mit allem Ihrem Witze, aller Ihrer Erfahrung und Ihrer wirklich glänzenden Beredtsamkeit nicht gelungen ist, mich einem Wesen untreu zu machen, welches Sie Chimäre nennen. Darum meine ich nun, daß Sie dieser meiner Chimäre zuversichtlicher trauen können, als derjenigen, die Sie an ihre Stelle zu setzen suchten; und gewiß hat Ihnen Ihre Welterfahrung auch hierüber einige Beweise gegeben. Ich will Sie nicht um Ihre Aussichten bei meinem Oheim bringen, will Sie vielmehr über Ihre Erwartung belohnen, sobald ich es im Stande bin; denn lieber will ich doch den Hofmeister behalten, den ich kenne, als Gefahr laufen, mir für die noch kurze Zeit einen aufdringen zu lassen, der sich vielleicht sorgfältiger zu verbergen wüßte.

»Zum Beweise, daß ich Sie nicht mit bloßen Worten bezahlen will – ich habe eine ziemliche Summe erspart; mein Vater gibt mir, wie Sie vielleicht wissen, immer mehr, als ich bedarf. – Diese Summe hatte ich zwar meinem Freunde Hadem, als ein Zeichen meiner Erkenntlichkeit, bestimmt: aber er wird es mir gewiß verzeihen, daß ich sie so anwende; er würde sogar, das versichere ich Ihnen, sein Letztes hergeben, um sie zu vergrößern. Sie sollen dieses und alles künftig Ersparte haben; darauf können Sie, bis zu der Zeit, wo ich reicher sein werde, gewisse Rechnung machen.

»Wundern Sie sich nicht über Das, was ich sage, und hören Sie mir mit der Kälte zu, mit welcher ich rede.

»Entweder, Sie nehmen nun meinen Antrag an, oder wir trennen uns. Nehmen Sie ihn an, so lehren Sie uns Französisch, Geographie, Geometrie, schweigen aber von allen, Ihnen ganz fremden, unbekannten, Dingen und behalten Ihre ganze Welterfahrung zu eignem Gebrauche. Ich kann Ihre Lehren nicht allein nicht brauchen, ich kann sie gar nicht mehr anhören, wie Ihnen mein Vorschlag klar beweist. Gefällt Ihnen mein Antrag nicht, so verlassen Sie noch heute unser Haus; meinem Vater werde ich sehr leicht die Nothwendigkeit davon begreiflich machen.«

Nach diesen Worten legte er einen Beutel voll Gold vor Renot auf den Tisch und schien ganz ruhig den Erfolg abzuwarten. Renot sah bald auf ihn, bald auf den Boden, bald auf das Gold. Endlich antwortete er:

»Sie verkennen und beleidigen mich; mißdeuten ganz, was ich bei meinen Reden über diesen Punkt beabsichtige. Bei meiner Ehre, ich denke nur an Ihr Bestes.«

Ernst. Mein Bestes kannte ich schon vor Ihnen; doch darauf lasse ich mich nicht ein. Ich habe Ihnen meinen Entschluß bekannt gemacht; er ist unerschütterlich: denn er betrifft die wichtigste Angelegenheit meines Lebens. Erwägen Sie nun die Ihrige.

Und um Ihnen nichts zu verbergen – wissen Sie, warum ich Sie von meinem Oheim angenommen habe? Nur darum, daß Sie mir durch die Mitteilung Ihrer Kenntniß der französischen Sprache einen Führer verständlich machen sollten, durch welchen Sie mir ganz entbehrlich waren, der mich jeden Tag mit neuen Waffen gegen Ihre gefährlichen Lehren ausrüstete.

Ernst ging in sein Zimmer und brachte den Emil.

Hier sehen Sie meinen Freund und Führer; in dieser Verlassenschaft Hadems ruhet sein Geist und meine Stärke. Sie können, wenn Sie wollen, mein Geheimniß nun verrathen; sein Geist wohnt in meiner Brust, und nie werden Sie oder die Menschen Das austilgen, was er, dem die Tugend selbst den Griffel gab, in mein Herz geschrieben hat. Doch vergessen Sie ja nicht, Herr Renot, daß Sie nur ihm den Vertrag verdanken, den ich, trotz Allem, was ich von Ihnen hören mußte, bereit bin, mit Ihnen abzuschließen. Ich kann wenigstens nicht vergessen, daß ich ihn durch Sie erst recht habe verstehen lernen.

Renot schlug indessen die Bücher um, schob sie kalt bei Seite und sagte:

»Wissen Sie wohl, daß diese Bücher das gefährlichste Gift gegen die Religion enthalten?«

Ernst. Vielleicht gegen die Ihrige; gegen die meinige nicht. Wenn Sie sich die Mühe geben wollen, den dritten Theil aufzuschlagen, so werden Sie da einige Stellen bezeichnet finden, die mich gegen die Ihrige schützten.

Renot. Es ist überflüssig. Folgen Sie diesem Führer in Allem, Herr von Falkenburg? – Ich sehe, Sie verehren ihn ausschließend. Das Einzige, was mir zu wünschen übrig bleibt, ist, daß Sie sein Schicksal nicht treffen möge.

Ernst. Und welches ist es?

Renot. Allen Menschen lächerlich, von allen gehaßt und verfolgt zu sein.

Ernst. Von allen? Ich hoffe, von den Menschen nie schlecht genug zu denken, um dieses glauben zu können. Und wäre es, so bewiese es ja doch nur, was ich glaube, was ich von ihm glaube. Der Mann Ihres Systems wird freilich ein glänzenderes Schicksal haben. Ich wette, er ist reich, geachtet, allgemein beliebt. Es sei so! Darum behandle ich auch Sie nach seinem System und fordere weiter nichts von Ihnen, als daß Sie mich nach dem meinigen behandeln möchten. Weiter habe ich Ihnen nun nichts zu sagen. Zeigt mir mein Vater an, daß Sie Ihren Abschied verlangen, so verwerfen Sie meinen Antrag; schweigt er, so ist Alles zwischen uns ausgemacht.

Er ging.

Renot saß noch lange, in tiefes Nachdenken über diesen sonderbaren Antrag versenkt. Die Art und Weise, die Festigkeit, die Offenheit, der Geist und Muth, womit Ernst sich erklärt und ihn so geradezu auf den Punkt der Entscheidung gestellt hatte, brachten seinen Stolz, seine Eitelkeit und sein sogenanntes Ehrgefühl in ein peinliches Gedränge. Sein Lieblingsgötze, der *point d'honneur*, den der junge Mann so gewaltig und schonungslos geschüttelt hatte, spielte an seinem Herzen, bis er es empörte; aber die Empörung dauerte nicht sehr lange: denn sein ausgebildeter Verstand zeigte ihm schnell den ganzen Vorfall von einer so lächerlichen Seite, daß er in ein helles Lachen würde ausgebrochen sein, wenn er nicht befürchtet hätte, Ernst möchte sich in der Nähe befinden. Endlich lispelte ihm der Geist seines Systems zu:

»Warum sollt' ich einen Thoren nicht auf seine Weise behandeln? That ich nicht meine Pflicht, da ich ihm zeigte, daß er es sei, da ich mir die Mühe gab, ihn von seiner Thorheit heilen zu wollen? Er will nun einmal zu der Zahl Derjenigen gehören, die das Schicksal, so gestaltet und gestimmt, in die Welt wirft, daß sie Leuten von Verstande zum Spiel oder Mißbrauch dienen. Soll ich nun meine Zeit verloren haben, oder mich von seinen Grillen anstecken lassen und mein Glück zerstören? Alles, was ich für den Thoren thun kann, ist, ihn zu bedauern; denn seine Geistesstimmung verspricht ihm keine heitere Tage. Doch schaden wird er mir gewiß nicht, dafür steht mir seine Narrheit. Er ist so zufrieden mit seinem Zustande, daß alle

Sorge für ihn lächerlich wäre. Sein gewählter Führer hat, so viel ich weiß, noch keinem Menschen genützt! so nütze er mir! – Aber dem Knaben da, der mich so beleidigt hat, werde ich nie vergeben!«

8.

Noch obigen Betrachtungen lebte Renot in dem Hause des Herrn von Falkenburg so ruhig und heiter fort, als wäre nichts geschehen. Er behandelte Ernsten, wie dieser es wünschte, das heißt, er kümmerte sich nicht um ihn. Da aber auch Philosophen, von welcher Sekte sie sein mögen, ihren Systemen gerne Schüler gewinnen, um ihre Schätze durch sie auf die Nachwelt forterben zu lassen, so hielt sich Renot jetzt bloß an Ferdinand, in welchem er immer einen sehr aufmerksamen Zuhörer bemerkt hatte. Das unruhige Feuer der Ehrbegierde, der Reiz nach Genuß, das Verlangen, in der Welt zu glänzen und eine Rolle zu spielen, waren durch Renots schimmernde Schilderungen schon lange in seinem Herzen in brausender Währung. Er konnte kaum den Augenblick erwarten, auf dem Schauplätze, den man ihm so anlockend und bezaubernd malte, ein thätiger Mitspielender zu werden. Gewisse andere Begierden, die in diesen Jahren so stark und laut anfangen zu sprechen, und die der Blick der reizenden Amalie so mächtig erweckt hatte, zogen einen noch blendender« und reizendem Firniß über eine Welt, wo sie ihre Befriedigung ahneten. Renots Unterhaltung setzte sie in volle Flammen: denn er erzählte ihm gerne seine und Anderer Begebenheiten mit einem Geschlechte, das, nach seinen geäußerten Meinungen, nicht allein den Werth eines Mannes bestimmt, sondern auch über sein Glück entscheidet. Dieses alles that nun Renot in der Absicht, den jungen Menschen für die Welt zu bilden und ihn zum wahren Glücke zu führen. Demnach sah nun der lebhafte Ferdinand in seinem Hofmeister nicht allein den angenehmen Verkündiger aller der Genüsse, nach denen er sich sehnte, er sah in ihm auch den Mann, der ihm den leichtesten und sichersten Weg zu ihnen zeigte, der allein ihn lehren konnte, zu gefallen und die Herzen dieser Glücksgöttinnen zu gewinnen. Seine Einbildungskraft ward durch diese Vorspiegelungen immer reger, und Genuß, Liebenswürdigkeit, Gefühl der Ehre, in Renots Sinne, wurden bald die einzigen Gedanken, mit denen er sich beschäftigte. Renot bewies ihm die Nothwendigkeit seiner Lehre auch dadurch, daß er, als ein Waise, nur durch die Gaben, mit denen die Natur ihn so reichlich beschenkt hätte, Das ersetzen könnte, was ihm vom Glück und Schicksal vorenthalten wäre. Und hier ergoß er sich gewöhnlich in ein großes Lob über seine Gestalt, seinen Witz, seine Lebhaftigkeit,

Anmuth und Gewandtheit und versäumte nie, Ernstens Betragen und Denkungsart lächerlich zu machen. Vertheidigte Ferdinand diesen gegen seine Sarkasmen, so sagte er:»Den Reichen ist Alles erlaubt: ihnen verzeiht die Welt sogar die sonderbarsten Grillen: aber ein Mann, der sonst nichts hat, als seine Talente und empfehlende Gestalt, muß sich hüten, einer Chimäre nachzulaufen, die noch Keinen glücklich gemacht hat, und die gewöhnlich damit endigt, daß sie die Geißel Derer wird, die mit ihr gebuhlt haben. Diejenigen, welche sie noch am besten behandelt, läßt sie, nachdem sie dieselben um allen wahren Lebensgenuß gebracht hat, als einen Gegenstand des Spottes und des Gelächters stehen; und die vom Elend Erdrückten und Erwürgten verweiset sie auf die Hoffnung über dem Grabe.«

Hörte und sah Ferdinand Ernsten, so dachte er freilich anders: aber doch glaubte er auch von ihm: es ließe sich zwischen Renots und Ernstens Denkungsart ein Vergleich stiften, vermöge dessen ein Mann von Ehre, mitten im Geräusche und Genüsse der Welt, es verbleiben könne: und die Welt zu genießen und zu benutzen, schließe die Tugend und Rechtschaffenheit nicht aus.

Das schöne Band der jungen Freunde wurde, wenigstens von Ferdinands Seite, durch diese Verschiedenheit der Gesinnungen von Tage zu Tage lockrer. Ernst sah es mit tiefem Kummer. Er zeigte Ferdinand seine Besorgnisse: aber so schonend er es auch that, so erblickte doch dieser in ihm mehr einen spähenden Beobachter und ernsthaften Zurechtweiser, als einen wohlmeinenden Freund. Renot unterhielt ihn in dieser Meinung.

9.

Die Zeit der Trennung war nun gekommen: Ernst und Ferdinand hatten die Jahre erreicht, wo sie den Wirkungskreis ihrer Thätigkeit erwählen mußten. Ferdinand wurde durch den Präsidenten bei einem auswärtigen Regimente in Frankreich angestellt; Ernst sollte die Universität beziehen. Ferdinand reiste zuerst, und Ernst sagte ihm beim Abschiede:

»Ich bin dein Freund. Beweise mir, daß du der meinige bist, wenn du dich in Noth befindest. Ich theile mit dir; und gelingt es dir in der Welt nicht, hier sollst du immer Alles finden, dessen du bedarfst. Nur kehre mir zurück, wie du mich verlässest. Vergiß Hadem und seine Lehren nicht, so kannst du mich nie vergessen.«

Renot dachte noch immer, er würde Ernsten auf die Akademie begleiten: aber dieser wußte seinem Vater so klar zu beweisen, wie entbehrlich Renot ihm sei, daß man ihn entließ und ihn dem Präsidenten zuschickte. Ernst wiederholte sein Versprechen und gab ihm neue Beweise davon.

Ernst blieb noch einige Monate bei seinem Vater und genoß nun ungestört seines Zutrauens und seiner Liebe. Oft sprach er von Hadem mit ihm, und der Vater überzeugte sich immer mehr, daß er seinen Sohn diesem ihn schützenden Geiste anvertrauen könnte.

Nun durchstrich Ernst die Gegenden, wo er seine Kindheit und die Jünglingsjahre so glücklich und unschuldig verlebt hatte. Den letzten Abend vor seiner Abreise besuchte er die Höhle, küßte den Kranz und sagte:

»Blühend, wie ich dich gepflückt habe, schwebest du über meinem Haupte! Und nie wirst du mir verdorren! Laß mich dich mit dem Gefühl wiedersehen, mit welchem ich dich verlasse, und ich bin glücklich!«

Über tredition

Eigenes Buch veröffentlichen

tredition wurde 2006 in Hamburg gegründet und hat seither mehrere tausend Buchtitel veröffentlicht. Autoren veröffentlichen in wenigen leichten Schritten gedruckte Bücher, e-Books und audio-Books. tredition hat das Ziel, die beste und fairste Veröffentlichungsmöglichkeit für Autoren zu bieten.

tredition wurde mit der Erkenntnis gegründet, dass nur etwa jedes 200. bei Verlagen eingereichte Manuskript veröffentlicht wird. Dabei hat jedes Buch seinen Markt, also seine Leser. tredition sorgt dafür, dass für jedes Buch die Leserschaft auch erreicht wird.

Im einzigartigen Literatur-Netzwerk von tredition bieten zahlreiche Literatur-Partner (das sind Lektoren, Übersetzer, Hörbuchsprecher und Illustratoren) ihre Dienstleistung an, um Manuskripte zu verbessern oder die Vielfalt zu erhöhen. Autoren vereinbaren direkt mit den Literatur-Partnern die Konditionen ihrer Zusammenarbeit und partizipieren gemeinsam am Erfolg des Buches.

Das gesamte Verlagsprogramm von tredition ist bei allen stationären Buchhandlungen und Online-Buchhändlern wie z. B. Amazon erhältlich. e-Books stehen bei den führenden Online-Portalen (z. B. iBookstore von Apple oder Kindle von Amazon) zum Verkauf.

Einfach leicht ein Buch veröffentlichen: **www.tredition.de**

Eigene Buchreihe oder eigenen Verlag gründen

Seit 2009 bietet tredition sein Verlagskonzept auch als sogenanntes "White-Label" an. Das bedeutet, dass andere Unternehmen, Institutionen und Personen risikofrei und unkompliziert selbst zum Herausgeber von Büchern und Buchreihen unter eigener Marke werden können. tredition übernimmt dabei das komplette Herstellungs- und Distributionsrisiko.

Zahlreiche Zeitschriften-, Zeitungs- und Buchverlage, Universitäten, Forschungseinrichtungen u.v.m. nutzen diese Dienstleistung von tredition, um unter eigener Marke ohne Risiko Bücher zu verlegen.

Alle Informationen im Internet: **www.tredition.de/fuer-verlage**

tredition wurde mit mehreren Innovationspreisen ausgezeichnet, u. a. mit dem Webfuture Award und dem Innovationspreis der Buch Digitale.

tredition ist Mitglied im Börsenverein des Deutschen Buchhandels.

Dieses Werk elektronisch lesen

Dieses Werk ist Teil der Gutenberg-DE Edition DVD. Diese enthält das komplette Archiv des Projekt Gutenberg-DE. Die DVD ist im Internet erhältlich auf **http://gutenbergshop.abc.de**

Zeitfracht Medien GmbH
Ferdinand-Jühlke-Straße 7
99095 Erfurt, Deutschland
produktsicherheit@kolibri360.de